공대 대학원생들의
감질나는
독서 모임 이야기

공감
독서

공대 대학원생들의
감질나는
독서 모임 이야기

공감
독서

감질-나다 :
~하고 싶어서 애타는 마음이 생기다.

오왕석
조민상
송 훈
강창묵
신정욱
지음

GIST PRESS
광주과학기술원

여는 말

과학과 공학을 공부하고 연구하는 사람은 어떤 책을 쓸 수 있을까? 전공하고 있는 과학 기술이나 최신 과학 이슈를 알기 쉽게 설명하는 책, 연구자로서 겪은 희로애락을 담담하게 풀어내는 책 혹은 과학책을 소개하는 책. 아마 이런 책들을 떠올리기 쉬울 것이다. 그런데 이 책은 과학과 공학을 연구하는 사람들이 썼지만 과학 또는 공학에 관한 책이 아니다. 특이하게도 '독서 모임'에 관한 책이다. 그것도 이공계 중점 대학에 다니는 대학원생 다섯 명의 독서 모임에 관한 책이다.

우리는 광주과학기술원 GIST 대학에 1, 2기로 입학하여 대학원에 함께 진학한 사람들이다. 대학에서 산전수전을 함께 겪었고, 더군다나 같은 대학원에 진학했으니 대략 10년 정도를 한 공간에서 보낸 셈이다. 하지만 그 오랜 세월에도 서로 얼굴만 알고 지내는 시간이 더 길었으니 취미를 공유하거나 이 책의 주인공인 독서 모임을 함께 하리라고 생각한 적은 없었다. 그런 우리가 독서를 위해 모였던 이유는 무엇일까? 구체적인 이유는 다들 달랐지만 한 가지는 같았다. '대학원에서 연구를 하는 것만으로 채울 수 없는 마음의 허기를 달래고 싶다'는 바람이 그것이었다. 그리고 이런 마음가짐은 첫 모임 이후 5년을 넘어 2020년까지 이어졌다.

......

2020년 초, 우리 중 한 명이 던진 말 한마디로 이 책은 시작되었다.

"우리, 책을 한번 써보자."

배경은 이러했다. 연구실에 인턴을 온 학부 후배가 친구들과 독서 모임을 시작했다고 한다. 지난 주 읽은 책을 설명해주다가 우리 독서 모임 이야기가 나왔는데, 후배는 매우 흥미 있어 하며 우리의 독서 모임에 대해 이것저것을 물어왔다고 한다. 책은 어떻게 정했는지, 모임은 어느 정도 주기로 가졌는지, 발제는 어떤 방식으로 진행했는지 등등. 후배들 역시 독서 모임을 오래 유지하기를 가장 바라고 있었고, 비슷한 고민을 했던 우리들의 모습과 닮아 있었기에 우리의 모임을 책으로 만들면 도움이 되겠다는 생각에 제안한 것이었다.

처음에는 다들 "우리 독서 모임을 소개하는 책을 낸다고?" 하면서 의아해했지만 속으로는 흥분과 기쁨을 감출 수 없었다. 독서 모임을 오랫동안 했으니 무언가 남기고 싶다는 작은 소망이 있었던 것이다. 모두 GIST 대학을 다녔고 GIST 대학원에서 박사과정을 밟고 있는 공학도들이었기에 공통점도 많고 쓸 이야기도 많을 것 같았다. 특히 우리의 경험(주로 시행착오)을 통해 GIST 후배들, 더 나아가서는 한국의 이공계 대학 및 대학원 학생들과 독서 모임의 의미와 가치를 공유할 수 있으리라는 기대도 있었다.

책을 쓰자고 결정은 했지만 막상 무엇을 써야 할지 다들 막막했다. 사실 우리의 독서 모임은 특별하지 않다. 우리만의 독서 노하우나 체계적인 시스템이 있는 것도 아니었다. 책을 정하는 것부터 발제 토론까지 하나하나 시행착오를 거치며 우리에게 맞는 방식을 찾아갔을 뿐이다. 하지만 그저 책을 읽고 이야기를 나누고 싶었던 대학원생 과학도들이 함께한 오랜 시간만큼은 특별하다. 그 시간 동안 함께 읽은 책들이 우리의 인생 전체를 바꾸지는 못했지만, 문득 떠오르는 짧은 한 문장이 오늘 하루를 되돌아보게 할 수는 있었다. 며칠 동안 공들인 실험을 망치고 나서 느끼는 허탈함을 독서 모임에서 이야기를 하는 동안 잠시나마 잊어버릴 수 있었다. 가벼워서 즐거웠지만 진지해서 유익했던, 우리 모임의 있는 그대로의 모습을 담기로 의견을 모았다.

우리는 이 책을 크게 다섯 개의 장章으로 구성했다. 우선 1장에서 독서 모임을 하게 된 이유를 각자의 목소리로 전하고자 했다. 다들 이공계 대학원생이라는 점에서는 비슷하지만, 독서 모임을 해야겠다고 생각한 이유는 사뭇 달랐다. 2장과 3장에서는 대학원 생활을 하면서 독서 모임을 어떻게 했는지를 구체적인 방법과 사례 중심으로 소개했다. 우리는 크게 3개의 시즌으로 독서 모임을 운영해왔다. 각 시즌별로 어떻게 책을 선정했는지, 어떤 모임 방식이 좋은지 등 실행에서 깨달은 것을 공유했다. 특히 독서 모임을 할 때 사용하는 발제문을 작성하는 방법을 다양하게 소개하려고 했다. 발제문이 독서 모임에 필수는 아니지만, 발제문을 어떻게 준비하느냐에 따라 모임의 진행 방식과 구성원의 만족도가 크게 달라지는 것을 우리가 직접 확인했기 때문이다.

앞선 세 개의 장이 독서 모임 가이드라면, 4장과 5장은 독서 모임 회고록에 가깝다.

4장에서는 독서 모임을 함께 운영하면서 느낀 어려움과 고민을 터놓고 이야기하려고 했다. 만남 이후에는 언젠가 이별이 찾아오는 것처럼, 시간이 흐르면서 모임의 구성원도 독서 모임도 점차 변할 수밖에 없었다. 모임을 하다 보면 반드시 마주칠 수밖에 없는 변화이기에 그 과정을 독자와 함께 나누고 싶었다. 마지막 5장에서는 독서 모임을 하면서 각자 작성했던 '발제문'을 한 편의 글로 다시 써보았다. 발제문은 보통 독서 모임을 위해 사용되고 나면 잊히기 마련이다. 우리는 몇 년 전 처음 독서 모임을 시작하면서 작성했던 발제문을 오늘의 시점에서 재구성한다면 어떻게 달라질지 궁금했다. 어쩌면 수년간 대학원 생활의 꽃이라 할 수 있는 학위 논문의 오마주일지도 모르겠다.

우리는 책 한 권이 가지는 힘을 믿는다. 그리고 책을 함께 읽고 이야기를 나눌 수 있는 사람이 곁에 있음에 감사하다. 독서 모임에 참여하기 망설였거나 이제 막 시작하고자 하는 우리의 과학도 후배와 동료들에게 이 책이 하나의 디딤돌이 되기를 바라며 우리의 이야기를 시작한다.

다섯 명의
대학원생

서울에서 20년을 살았고, 대학부터 대학원 과정까지 광주光州에서 12년간 살았다. 어렸을 적 책상에 앉아 학습지를 푸는 척하면서 책을 읽었기 때문인지, 대학과 대학원에 와서도 공부(연구)하는 척 하면서 많은 시간을 읽고 싶은 책을 읽으며 보냈다. 고등학교 때는 하나님이라는 주제에 관심이 많았고, 이후 대학 시절까지 의식과 무의식, 선과 악, 정의正義라는 형이상학적 주제에 심취했다. 대학교 3학년 때 GIST 대학 총학생회장으로 1년 동안 활동하면서 주된 관심사가 조직 운영과 근현대사, 외교, 경제 분야로 옮겨갔다. 플라즈마 물리학 전공으로 이제 곧 박사 디펜스를 앞두고 있으며, 박사과정 동안에는 '세계경제와 국제질서'라는 구체적인 주제와 관련한 책을 읽어왔다.

충청남도 천안시 출생. 충남 소재의 과학고에 들어가 선생님 말씀 잘 들으며 2년 동안 수학과 과학 두 우물만 열심히 공부했다. GIST 대학 1년 차, 호기심에 신청했던 '현대 예술의 이해' 강의와 영화 〈노벰버November〉를 통해 스스로의 사고와 시야가 좁은 곳에 갇혀 있음을 깨달았다. 수학과 과학 외의 인문학을 공부할 필요성을 느껴 학점이 허락하는 한 많은 인문학 강의를 들었다. 대학원에 들어와서도 그 관성을 이기지 못하고 '장자' 철학 강의를 청강하고 독서 모임에도 참여하는 등 본업인 연구 외의 많은 일에 관심을 두었다. 초년에 그만큼 연구에 소홀했다는 뜻이다. 말년이 된 지금 몇 배로 돌려받고 있다. 현재 물리학 중 초고속 광학을 전공하고 있다.

경기도 수원 출생. 책과 영화를 좋아하는 사람. 어쩌면 책보다 도서관을 좋아하는 것인지도 모른다. 무엇이든 궁금한 점이 생기면 유튜브보다 도서관이나 대형 서점 웹사이트를 먼저 검색해본다. 완독의 압박 없이 다독하는 독서 습관이 강점이라 생각한다. 영화를 좋아해 매주 수요일을 영화 보는 날로 정해두고 지금까지 지켜오고 있다. 물리광과학과 박사과정 중이다.

경상북도 안동에서 초중고를 졸업하고, 광주에서 대학부터 대학원 과정을 밟고 있다. 물질 사이의 결합에 흥미를 느껴 이것을 직접 다뤄볼 수 있는 화학 합성을 전공하고 있다. 다른 한 편으로는 사랑이란 주제에 관심이 많다. 사람 사이의 사랑은 물질의 결합과 비슷한 부분이 많다고 생각한다. 인간이나 사랑을 주제로 한 고전 소설을 읽으며 화학적 접근을 하거나, 반대로 합성 연구를 하며 전날 읽었던 소설을 떠올리곤 한다. 아주 다른 영역에 있으면서도 어딘가 묘하게 닮은 둘 사이를 오가는 여행을 즐긴다.

오상서

대구에서 태어났지만 스무 살 즈음부터 광주, 정확히는 학교 근처 첨단지구 주민으로 살아왔다. 여기저기 쓰일 수 있고 직접 몸으로 부딪히는 학문을 공부하고 싶어 신소재공학부에서 고분자 합성과 효소 응용 연구를 했고 이제 막 오 박사가 되었다. 재수를 했기 때문인지 대학과 교육, 배움에 관심이 많고, 기존에 생각하지 못한 사실과 관점을 배울 수 있는 책을 만나고 싶어 한다. 전자책의 매끈함보다는 종이책을 넘길 때의 마찰감을 좋아하다 보니 책장은 항상 풀née 상태. 무엇이든 스스로 한 선택에 책임지는 삶을 살기 위해 노력하는 중이다. 이 책의 책임저자이기도 하다.

*저자명 집필 순

차 례

여는 말　　　　　　　　　　　　　　　　　　　　004
다섯 명의 대학원생　　　　　　　　　　　　　　008

1 이유는 달라도 마음은 하나

실험하던 대학원생들이 책을 들고 모인 이유　　016
책이 내 마음을 울릴 때　　　　　　　　　　　018
좋은 책을 읽으면 나누고 싶어진다　　　　　　021
혼자가 아닌 '함께'라면　　　　　　　　　　　023
무거운 인문학 강의, 가벼워진 책 읽기　　　　027

2 독서 모임은 자유다

첫 번째 시즌 - 시작은 가볍게　　　　　　　　032
두 번째 시즌 - 한 가지 분야만 탐구하기　　　037
세 번째 시즌 - 준비는 가볍게, 모임은 오래오래　046
마무리하며　　　　　　　　　　　　　　　　052

3 독서 모임의 꽃, 발제문 쓰기

우리는 발제문을 이렇게 씁니다　　　　　　　056
서로가 생각하는 인상적인 발제문　　　　　　067
'좋은' 발제문을 쓰고 싶다면　　　　　　　　071

4 현재 그리고 미래의 독서 모임

변화의 핵심은 사람 076
책을 함께 읽고 싶다면 누구든 O.K. 078
변화와 확장, 새로운 독서 모임 079
우리는 잠시 멈춤. 독서 모임을 하고 싶은 그대에게 081

5 독서 모임이 남긴 흔적들 다시 쓰기

소요유(逍遙遊)와 양생주(養生主) 그 사이, 독서의 소중함 / 신정욱 090
　『시골빵집에서 자본론을 굽다』(와타나베 이타루),
　『장자』(임동석 옮김), 『장자』(오강남 옮김)
신자유주의의 역사와 우리의 21세기 / 조민상 105
　『더 나은 삶을 상상하라』(토니 주트),
　『불평등의 대가』(조지프 스티글리츠),
　『자본주의 역사와 중국의 21세기』(황런위)
내 멋대로 영화 보기 / 송훈 129
　『영화 예술학 입문』(배상준),
　『진중권의 이매진(Imagine)』(진중권)
대학원생은 언제 과학자가 되는가? / 오왕석 145
　『사람, 장소, 환대』(김현경),
　『과학자가 되는 방법』(남궁석),
　『공학을 생각한다』(헨리 페트로스키),
　『경제학은 어떻게 과학을 움직이는가』(폴라 스테판)
대학원이 낯설어진 대학원생 / 강창묵 158
　『인간실격』(다자이 오사무),
　『이방인』, 『시지프 신화』(알베르 카뮈)

맺음말 168
부록: 독서 모임에서 읽은 책 목록 170

1

이유는 달라도
마음은 하나

 들어가며

독서 모임에 참여한 이유

'독서 모임을 하시는 이유가 뭐에요?' 어느 독서 모임이든 처음 모이면 가장 먼저 물어보는 질문이다. 운동, 악기 연주, 만들기 등 취미로 할 수 있는 것은 수없이 많다. 그럼에도 주기적으로 새로운 책을 읽고 시간을 내어 모임에 참석하는 데는 나름의 이유가 있을 것이다. 우리도 마찬가지였다. 아무래도 모두가 이공학도이기에 대부분 책과는 거리가 있었다. 책을 펴는 순간 졸음이 오거나 누군가에 의해 강제로 독서를 해야만 했고, 인문학 수업에서 의무적으로 읽어야 했기에 책을 잡던 학생이었다. 하지만 각자 특별한 사건들을 통해 책 읽기에 관심을 갖게 되었고, 더 나아가 혼자서 책을 읽는 것으로는 만족하지 못해 모임을 하게 되었다. 이 장에서는 우리들 각자가 독서 모임에 참여하게 된 사연을 소개한다.

이유는 달라도 마음은 하나
- 조민상

실험하던 대학원생들이
책을 들고 모인 이유

　고등학교 시절 답답함을 견디며 '대학에 가면 하고 싶은 것'들을 참 많이 생각했다. 특히 전공 공부 외에 다양한 분야의 책을 원 없이 읽고 싶었고, 대학 친구들과 함께 독서 모임도 해보고 싶었다. 그리고 대학교 1학년 때 들었던 '문명과 세계관' 수업을 통해 그 바람을 이루었다. 이 수업에서는 종교사학자 미르치아 엘리아데Mircea Eliad의 『세계종교사상사』를 읽으며 다양한 종교의 역사와 인간의 사상사를 조망했다. 강의 주제가 워낙 방대하다 보니 참고 도서만 해도 10여 권이 넘었다. 나는 수업을 준비한다는 핑계로 도서관에서 정말 많은 책을 읽었다. 힘들었다. 하지만 행복한 시간이었다.

　독서 모임을 해야겠다는 생각이 든 것도 이 수업이 계기였다. 담당 교수님인 이용주 선생님은 학기 중에 모든 수강생들과 개인 면담 시간을 가지셨다. 나는 책을 많이 또 꾸준히 읽고 싶다고 말씀드렸다. 그러자 독서 모임을 만들어보는 게 어떻겠냐고 제안하셨다. (왜 말씀하시기 전에 시도하지 못했던 걸까?!) 나는 당시에 GIST 대학생들이 커뮤니티 사이트로 사용하던 싸이월드에 회원 모집 공고를 올렸다. GIST 대학에서는 처음 개설되는 독서 모임이었기 때문이었을까 생각보다 많은 학생이 모임에 찾아왔다. 10학번, 11학번을 합쳐 전교생 200명인 학교에서 20명 가까이 신청을 했으니 말이다. 함께 읽을 책도 읽기 쉬운 책이나 베스트셀러 위주로 정해서 쉽게 참여할 수 있도록 했다. 두 달 정도는 어느 정도 모임이 잘 돌아가는 듯했다. 그런데 그 이상 지속하는 것은 쉽지 않았다. 각자 사정으로 인해 모임에 나오지 않는 사람들이 하나둘 생기기 시작했고, 결국 책을 정말 좋아하는 소수만 남았다. 4학년이 되어 졸업 준비를 하다 보니 나 또한 바쁘다는 핑계로 독서 모임을 계속할 수 없었다. 이렇게 첫 번째 독서 모임은 아쉽고 씁쓸한 기억으로 남았다.

대학원에 진학하고 나서는 실험실 생활에 적응하느라 독서 모임을 생각할 겨를이 없었다. 그렇지만 학부 시절 함께 책을 읽고 이야기를 나누며 쌓았던 추억은 계속 남아 있었고, 그 당시에 느꼈던 내면의 풍요로움과 자유가 그리웠다. 점차 대학원 생활에 익숙해지고 여유가 생기자 독서 모임을 다시 시작하고 싶었다. 책을 읽으며 느끼는 기쁨을 함께 할 동료가 필요했다. 그때 학부 동기였던 왕석이와 훈이, 한 학번 후배였던 창묵이와 정욱이를 만났다. 이 중 학부 때 함께 독서 모임을 했던 친구는 왕석이 외에 없었다. 다른 친구들

1. 이유는 달라도 마음은 하나

은 '녹서 모임'을 같이 하게 되리라고는 전혀 생각하지 못했다. 그래서 첫 모임에서 독서 모임을 함께 하려는 이유에 대해 이야기를 나눈 것은 자연스러웠다. 각자의 이유는 다양했다. 관계로 어려웠던 시간 속에서 독서는 삶의 하나의 출구였다는 창묵이, 책 이야기를 하고 싶었던 훈이, 책이 멋있어 보였던 정욱이, 수업에서 느꼈던 신선함을 계속 느끼고 싶었던 왕석이까지. 이처럼 이유는 다 달라도 독서 모임을 하고 싶은 열망은 한마음이었다. 그리고 바로 연구만으로도 바쁜 대학원 생활이지만 시간을 쪼개서 한번 해보자고 의기투합했다.

책이
내 마음을 울릴 때

일을 마치고 퇴근하던 어느 날이었다. 라디오에서 흘러나오는 노래를 듣다가 눈물이 막 났다. 한창 박사과정 이후의 진로를 심각하게 고민할 때여서인지 "해답도 모르는 시험 문제처럼 그 뜻을 찾지만 알 수 없었죠"라는 가사가 크게 와닿았다. 새삼 음악이 마음을 어루만져준다는 것을 몸소 느꼈다. 소크라테스Socrates(기원전 470년경~399년)가 '독서는 정신의 음악'이라고 한 것처럼 책에도 이처럼 사람의 마음을 위로하고 격려하는 힘이 있다. 창묵이가 독서 모임을 시작한 이유도 책을 읽고 내용에 공감하며 어려움을 이겨낼 힘을 얻었기 때문이었다.

창묵   나는 책을 거의 읽지 않았다. 초, 중, 고 학창 시절은 물론이고 대학교에 와서도 책에는 관심이 별로 없었다. 책을 읽어보자고 생각할 때도 가끔 있었지만 막상 몇 페이지 넘기면 졸음이 찾아왔다. 그런데 대학교 3학년을 마치고 4학년으로 넘어가는 겨울에 나는 달라졌다. 여러 사건이 복잡하게 중첩된 일들로 인해 인간관계에 대한 많은 고민이 생겼다. 사람 사이의 관계란 무엇인지, 내가 뭘 할 수 있는지 등 어쩌면 답이 없는 질문을 스스로에게 계속 던졌다. 온종일 머릿속에 질문과 대답이 꼬리에 꼬리를 물었고, 정신적으로 점점 지쳐갔다. 그러다 문득 이대로는 안 되겠다는 생각에 책을 집어 들었다. 처음에 책을 읽기 시작했을 때는 솔직히 계속되는 고민을 잠시 잊을 수 있으면 좋겠다는 생각이 컸다. 해결책은 기대도 안 했다. 혼자만의 생각이 날 지치게 만든 상태여서 그런지 다행히 책에 몰입이 잘 되었다. 내가 읽었던 책은 다자이 오사무太宰治(1909~1948년)의 『인간실격人間失格』인데, 우울한 분위기와 자조적으로 써 내려간 저자의 글이 내 마음을 울렸다. 물론 그의 상황과 생각은 나와는 달랐고 책을 통해 해답을 발견한 것도 아니었다. 하지만 인생을 다른 시각으로 바라볼 수 있는 시간이었고, 조금이나마 이전과는 다른 내가 되었다.

한 권의 책을 통해 다른 사람의 생각을 듣고 내 사고가 확장되는 경험이 주는 재미를 알게 되니, 사람들과 모여 책에 대해 이야기하고 싶어졌다. 시작은 상당히 막막했다. 애초에 독서 모임이란 것을 해본 적이 없었기 때문이다. 수소문한 끝에 학교 밖의 지역 내 독서 모임을 찾았다. 하지만 오래 가지 못해 그만뒀다. 학교에서 멀리 떨어져 있는 게 큰 장애물이었다. 모여서 책에 대해 이야기를 나누는 시간은 논외로 하더라도 오고 가는 시간만 몇 시간씩 걸렸기 때문이다. 더불어 모임을 주도하는 분이 책을 대부분 선정하다 보니 책에 대한 만족도가 떨어졌다. 내가 원하는 책만 할 수 없다는 것은 알고 있지만 선정 과정에 내 의견이 개입될 여지가 적었다. 실제 모임에서도 책보다 모임에 집중하는 느낌도 받았다. 책에 관한 이야기는 피상적인 수준에서 그쳤고, 의견을 제시하면 서로 주고받으며 발전되지 않고 그대로 끝나는 일이 많았다. 선정 도서의 저자를 모임에 초청하여 대화했던 시간이 유일하게 인상 깊은 기억일 뿐, 외부 독서 모임은 힘든 부분이 참 많았다.

그렇게 첫 독서 모임은 실망으로 끝났지만 마땅한 대안이 없었기에 다시 혼자 책을 읽었다. 할 수 있는 것이라고는 주변에 독서 모임을 하고 싶다고 이야기하고 다니는 게 전부였다. 그래도 지금 생각해보니 그게 정말 잘한 일이었다는 생각이 든다. 이를 통해 대학 동기였던 정욱이에게 독서 모임에 가입 권유를 받았기 때문이다. 그렇게 참여하게 된 우리의 독서 모임은 여러 면에서 아주 만족스러웠다. 외부 독서 모임에 대한 좋지 않은 기억 때문에 걱정도 했지만 그것은 기우였다. 이미 모두 알고 있던 사람들이었기 때문에 자유롭고 유연한 분위기의 독서 모임이었다. 모두가 비슷한 상황에 있었기에 서로 이해해주는 폭도 넓었고 스케줄도 유연하게 조절해서 부담감이 없었다. 그래서인지 독서 모임에 점점 진지하게 임하게 되었다.

학창시절 창묵이는 책과는 거리가 먼 삶을 살았고, 책을 읽을 필요도 크게 느끼지 못했다. 하지만 인간관계에 문제가 생기면서 우울함이 찾아왔고, 그때 읽었던 한 권의 책이 그의 마음을 깊이 위로했다. 나 또한 고등학생 때 소설 속 주인공보다는 내 삶이 편하다는 위로로 그 시간을 견뎠다. 수학과 과학을 좋아하는 이공학도이지만 문제를 풀면서 느끼는 기쁨만으로 살아가지는 않는다. 또한 많은 시간을 다른 사람들과 함께 보내고 가족이나 실험실 동료, 친구들과 갈등을 겪고 화해하는 '일상적인' 삶을 산다.

책을 읽으며 풍부한 감정을 느끼다 보면 자연스럽게 주변 사람들과도 이야기하고 싶어진다. "너 이런 책 읽어봤니?" "최근에 이런 일이 있었는데, 이 책을 통해 많이 위로 받았어"라고 이야기를 시작하다가 내 삶의 이야기까지도 술술 털어놓게 된다. 그러면서 관계가 점차 깊어지고, 그 친구와는 더 많이 더 자주 만나고 싶어지고는 했다. 창묵이도 그런 마음으로 외부의 독서 모임도 나가고, 우리 독서 모임도 함께 하게 된 것이다.

좋은 책을 읽으면
나누고 싶어진다

훈이가 독서 모임을 시작한 이유도 '이야기를 나누는 일'과 관련이 있다. 훈이는 영화 보기를 참 좋아한다. 고등학생, 대학생 때도 좋은 영화가 있으면 장르를 가리지 않았다. 특히 영화에 관해 주변의 사람들과 이야기하는 시간을 사랑했다. 영화 속 주인공에 공감하며 느낀 감정이나 영화에 사용된 촬영 기법 등을 설명해주고, 서로의 생각을 듣는 게 좋았다. 그리고 이처럼 영화를 보고 이야기했던 습관이, 책을 읽고 난 후 친구들과 나누는 습관으로 확장되었다.

훈 독서 모임을 그만둔 지 벌써 몇 년이 지났지만 아직까지도 내게는 독서 모임에 참여했던 시간이 좋은 기억으로 남아 있다. '처음 독서 모임을 시작할 때 내가 기대했던 것은 무엇일까' 하고 돌이켜보았다. 이

고민을 하면서, 스스로 외면하려 애쓰는 내면 욕구를 인정할 수밖에 없었다. 대학원 연구 주제에서 벗어난 다른 주제에 대하여 지적 교류를 하고 싶은 욕구를 말이다.

모임에 참여하게 된 표면적인 계기는 다음과 같다. 학술 세미나에 참석하고 돌아가는 길에 우연히 만난 민상이 형에게서 새로 시작하는 독서 모임이 있다는 이야기를 들었다. 나도 같이 해도 되냐고 물었다. 다소 즉흥적이었다. 그리고 여태까지 어떻게 독서 모임에 참여했는지 누군가 묻는다면, 그 질문에 대한 답은 '어쩌다'였다. 하지만 이제와 돌이켜 생각해보면, 그 당시 나는 내가 읽은 책에 대해 이야기를 나눌 교류의 장이 필요했던 것 같다.

좋은 영화를 보면 다른 사람과 이야기를 나누고 싶은 것처럼, 좋은 책을 읽고 나면 그 감동을 함께 나누고 싶은 마음이 생긴다. 나는 이것을 왜 외면하려 했는지 모른다. 대학원에서는 하나의 주제에 집중하여 연구를 해야 하는데, 영화와 책에 몰두하는 나쁜(?) 버릇을 가진 것을 숨기고 싶었던 것일까? 혹은 다른 사람에게 내가 아는 것을 설명하고 싶은 맨스플레인mansplain*의 욕구가 부끄러워서였을까. 하지만 지금은 이런 욕구를 긍정한다. 내가 좋아하는 것들을 소개하고 나눌 때 그리고 각자의 경험을 나눌 때 더 나은 독서 경험을 한다고 믿는다. 독서 모임에서는 한 권의 책이라는 여행을 다녀온 각자의 소감을 나눈다. 그 여행길에서 만난 이의 사연을 듣고 내가 눈물을 펑펑 쏟을 때 다른 누군가는 그저 무심하게 받아들일 수도 있다. 이처럼 같은 여행 코스에서도 서로 느낀 점이 다르기에 독서 모임에서는 가장 개인적인 독서 여행이 모두의 것이 된다.

---

* 남자(man)와 설명하다(explain)를 결합한 영어 신조어. 주로 남자가 여자에게 어떤 문제에 대해 더 잘 아는 것처럼 설명하는 것을 뜻하지만, 여기서는 그저 설명해주고 싶은 훈이의 열망을 표현하는 단어다.

내게는 독서 모임이 지적 활동과 사회적 활동의 교집합이었다.

독서 모임이 대학원 생활의 탈출구로 느껴졌다는 훈이의 말에 공감한다. 2015년 8월은 반복되는 물리학과 대학원생의 삶이 너무 무겁게 느껴졌던 때였다. 내 연구는 실험에 레이저를 이용하는데, 레이저 장비를 다루기 위해선 섬세한 조절이 필요했다. 당시 나는 모든 게 처음이어서 실수도 많이 했고 매일 장비를 작동시키고 관리하는 일이 정말 힘들었다. 실험실에 필요한 물건을 구매하는 데 필요한 서류를 꼼꼼히 챙기는 일이나 랩 미팅 때 선배들이 발표하는 연구 내용을 이해하는 일 모두 어려웠다. 무엇보다 결과를 내야 한다는 압박감을 가진 채 이런 삶을 앞으로 수년 혹은 수십 년 동안 살아야 하는 게 가장 두려웠다. 매일 반복되는 생활에서 잠시나마 벗어나고 싶다는 생각을 자주 했다. 한 달에 한 번쯤은 연구에서 벗어나 사랑에 대해서 인간의 본질에 대해서 사회에 대해서 이야기도 하고 감동도 느끼고 싶었다. 아마 훈이도 이런 생각을 했던 게 아닐까.

혼자가 아닌
'함께' 라면

대학생은 엄청 바쁘다. 강의를 듣고, 동아리 서너 개와 자치단체 활동을 하며 친구들과 놀다 보면 금방 한 학기가 지나간다. 대학원 생활도 이에 못지않게 바쁘다. 강의를 듣는 건 기본이고, 논문을 읽고 실험하고 다가오는 랩 미팅 자료를 만들며, 내일 할 실험을 준비하고 나면 이미 해가 져 있을 때가 많다. 더군다나 과제 제안서와 보고서를 제출할 마감일이 다가오면 밤을 새우기 일쑤다. 대학생 때도 시험공부나 학생회 활동으로 자주 밤을 새웠지만, 계획할 수 없고 앞으로 일어날 일을 예상할 수 없는 대학원 생활은 그때보다 더 힘들게 느껴졌다.

한 가지 신기한 사실은 이렇게 바쁘게 살아가는 대학원생에게 일을 더 주면 시간을 쪼개서 그것을 어떻게든 해낸다는 것이다. 이와 관련한 유명한 농담이 있을 정도다. 어떤 사람이 "코끼리를 냉장고에 넣는 방법이 무엇인가요?"라고 교수에게 물어봤다. 그러자 교수가 말하기를, "그거 대학원생에게 하라고 시키면 돼요." 냉장고를 키우든 코끼리를 작게 만들든, (우리) 대학원생은 불가능해 보이는 일을 해낸다는 뜻이다. 독서도 마찬가지다. 독서 모임에 참여하면 책을 읽는 일에 일종의 '강제성'을 부여할 수 있다. 우리 모임에서는 정욱이가 그 대표적인 사례였다.

정욱 나의 독서에 대한 의지는 아버지와 학부의 인문학 강의 덕분에 자라났다. 나는 독서를 좋아하는 아버지 밑에서 자랐다. 집이 곧 작은 도서관이었다. 화장실과 부엌을 뺀 모든 방에 책꽂이나 책 더미가 있을 정도였다. 매 주마다 새로운 책들이 집에 여러 권 쌓였고 나는 그것을 당연하게 생각했다. 그중에는 나를 위한 책들도 많이 있었다. 아버지는 본인처럼 아들도 책을 좋아하고 많이 읽기를 바라셨을 것이다. 하지만 어릴 적 나는 책을 자주 읽지 않았다. 아버지는 그게 아쉬웠던지 회유책을 섞어가며 책을 읽게 하셨다. 초등학생 시절 12권짜리 『청소년 토지』를 읽게 하기 위해 내게 '책 1권당 만 원'이라는 포상금을 걸어서 완독했던 기억이 있다. 상금 12만 원은 '부모님이 관리하시는' 내 통장에 들어갔다고 한다. 이렇게 책과 친하게 지낼 기회가 많았던 덕분인지 학교에서 심심하면 도서관을 자주 갔다. 고등학교 때는 사서 업무도 봤다. 책은 잘 안 읽는 사서였다. 대출 업무로 도서관 내 자리를 지키면서 텝스TEPS 영어 시험공부를 했던 기억이 난다.

독서의 필요성은 대학에서 알게 되었다. 내가 GIST 대학을 다녔을 당시에는 전공 강의 수 대비 많은 수의 교양 강의를 필수적으로 들어야 했다. 나 또한 과학고등학교에서 수학과 과학 외의 인문학들을 깊게 배우지 못한 것이 아쉬웠기에 매 학기 재미있어 보이는 인문학 강의를 많이 신청했다. 그중 독서의 중요성을 강하게 알려준 강의는 동양 철학과 관련한 강의들이었다. 동양 철학의 고전古典들이 독서의 중요성을 강조함은 물론이었고, 그 안의 짧은 한문漢文 하나하나가 다양한 의미를 내포하여 두뇌를 자극시켰다. 예를 들어, 『논어論語』의 첫 문장 "학이시습지 불역열호學而時習之 不亦說乎"의 앞 구절에서 시간時間의 '時'는 '익힐 습習' 앞에 붙어 '여유 있게' 혹은 '지속적으로'라는 뜻으로 사용할 수 있다. 배운 뒤學 익힐 시간적 여유가 필요하다고 해석할 수도 있고, 익힘을 지속적으로 행해야 한다고 해석할 수도 있다. 이런 해석을 읽으면서 자연스럽게 떠오른 생각은 시험과 과제를 벼락치기로 해결한 뒤 바로 잊어버리는 나에 대한 반성이었다. 이렇게 고전을 비롯한 책들이 나의 삶에 깊게 관여할 수 있다는 것을 인문학 강의들을 통해 깨달았다.

하지만 '지행합일知行合一'이라고, 독서의 중요성을 이해한 것과 행동으로 옮기는 것은 별개다. 앞에서 교양 강의를 많이 듣고 독서의 효용성도 알았다고 했지만 대학 4년간 독서를 습관화하는 데는 실패했다. 핑계야 많다. 첫째, 내 주위에 책을 좋아하는 사람들이 별로 없었다. 나는 4년간 농구 동아리 하나에서만 활동한 '아싸'였다. 대학원 독서 모임을 하게 되면서 학부에서도 독서 모임을 하는 선배나 동기들이 있었다는 것을 처음 알았다. 둘째, 매 학기마다 교양 강의들을 신청해서 권장 도서들을 열심히 읽고 수업을 들으면 적은 독서량을 보완할 수 있을 거라고 생각했다. 하지만 돌이켜보면 이것만으로는 부족했다. 결국 나 혼자서는 충분한 양의 독서를 하지 않기 때문에 바깥에서 대안을 찾아야 했다. 이를테면 독서 모임에 참여하는 것이다.

각종 언론과 강연에서 독서의 중요성을 강조하는 만큼, 많은 사람들이 독서를 하고 싶은 열망을 마음속에 가지고 있다. 이런 바람과 함께, 독서를 시작하기 어렵다고 느끼거나 시작한다고 해도 꾸준히 책을 읽으려면 많은 노력이 필요하다고 여기기도 한다. 우리 독서 모임에 함께 참여했던 친구들도 혼자 책을 읽는 게 쉽지 않아서 온 경우가 많았다. 정욱이는 독서 모임이 주는 약간의 강제성을 이용해 바쁜 와중에도 시간을 내서 독서를 꾸준히 할 수밖에 없는 환경을 만들려고 했다. 시간이 나면 무엇을 하며 쉴지 고민할 필요 없이, 자연스럽게 도서관에 가서 모임에서 추천 받은 책을 읽으며 시간을 보내고는 했다. 그리고 당장 내일이 독서 모임을 하는 날이라면(그리고 책을 못 읽었다면!), 오늘 밤에는 책을 펴서 대략적으로라도 훑어볼 수밖에 없었다.

무거운 인문학 강의,
가벼워진 책 읽기

정욱이가 책의 중요성을 깨달았던 'GIST 대학의 인문학 수업'은 우리 5명 모두 공통적으로 경험했다. 독서 모임을 조금 더 수월하게 시작할 수 있었던 이유이기도 하다. 우리 1, 2기 졸업생들이 들었던 GIST 대학 설립 직후의 인문학 수업은 강의 수준을 인문학 전공 수업으로 맞춰서 진행되었다. 이는 교수나 학생을 포함한 대학 구성원 모두가 새로운 대학 교육 시스템을 성공시키자는 사명감을 가졌기 때문일 것이다. 앞서 이야기했던 것처럼 마치 인문학을 전공으로 삼는다는 생각으로 공부했다.

물론 전공 공부를 하며 동시에 인문학 수업을 듣는 것이 힘들었던 것은 사실이다. 어떤 친구들은 인문학 수업 때문에 전공 공부를 할 시간이 부족해서 스트레스를 정말 많이 받았다. 하지만 졸업을 하고 막상 전공 분야만을 연구하는 대학원생이 되었을 때 인문학 수업을 그리워하는 친구들을 많이 보았다. 비록 당시에는 힘들었지만, 세상 돌아가는 것을 이해하고 깊이 고민하며 함께 이야기했던 그 시간이 정말 즐거웠다고 추억했다. 실험실 밖에서는 전공 지식보다는 인문학 수업에서 배우고 공부했던 내용이 더 많이 대화의 소재가 되어서 더더욱 그렇지 않았을까. 우리도 독서 모임을 통해 이런 그리움을 채우고 우리만의 인문학 수업을 만들어보고 싶었다.

왕석　녹서 모임을 이야기하기에 앞서 내가 '책을 읽기 시작한 계기'를 먼저 이야기해야 하지 않을까. 사실 내 독서 경험은 자랑할 만한 것이 못 된다. 아주 어릴 때는 책을 읽는 것을 그리 좋아하지 않아서 세계문학 전집을 독파하는 누나와 가끔씩 비교가 되기도 했다. 초중고 시절에도 내게 책은 읽어야 하기 때문에 읽어야 하는 그런 존재였다. 대학 입시를 준비할 때 피할 수 없는 '자신의 인생에 가장 큰 영향을 끼친 책은 무엇인가요?'와 같은 단골 질문을 준비하는 데 도움이 되니까. 물론 그런 와중에도 해리포터Harry Potter처럼 정말 재미있게 읽은 책들이 드문드문 있기는 했다.

이처럼 독서를 해야만 한다는 의무감의 무게를 덜어낼 수 있었던 건 대학생 때 수강했던 영문학 수업과 인문학 수업의 독서 소모임을 통해서였다. 영문학 수업은 소설의 장면들을 다양한 관점에서 해석하고 작가가 숨겨둔 메시지를 찾는 것의 연속이었다. 그런데 그 과정을 반복하면서 내가 지금까지 별로 질문을 하지 않으면서 책을 읽어왔다는 것을 깨달았다. 작가의 의도, 소설의 배경과 같은 것들 말이다. 이런 것들은 대입 공부를 하면서 수없이 접했지만, 막상 그걸 정말로 궁금해하면서 읽은 적은 없었다.

여기에서 더 나아가 독서 소모임에서는 몇 명의 친구들과 수업 외 책을 함께 읽으면서, 질문을 찾는 게 아니라 질문을 던지는 시간을 많이 가졌다. 어릴 때부터 이런 소모임을 해본 경험조차 없었던 데다 질문을 하는 것 자체도 어색했다. 하지만 동시에 내가 어릴 때부터 마음속에 가지고 있던 대학 생활의 이미지 중 하나를 발견한 느낌도 있었다. 가장 큰 매력은 다른 이들의 질문 그리고 여기서 이어지는 생각들을 들을 수 있다는 점이었다. 내가 던질 수 없는 질문들을 떠올리는 게 대단해 보였고, 그것에 대해 여러 사람이 함께 이야기를 나누는 일이 가능하다는 것 자체가 신기했다. 책을 읽는 것이 독자와 작가 사이의 일대일 대화라고 한다면,

독서 모임은 수많은 독자들과 작가가 함께 펼치는 파티라고나 할까. 이런 경험을 하고 난 후부터 나는 독서 모임이 중요한 의미를 가질 수 있음을 깨달았다.

독서 모임을 해야겠다고 생각한 또 다른 중요한 이유는 독서 모임도 '사람들의 모임'이라는 점이다. 앞서 이야기한 것처럼 새로운 질문을 발견하는 기쁨도 있지만, 책을 통해서 다른 사람과 함께할 수 있다는 것 자체가 좋았다. 그리고 운이 좋게도 내 주변에 이런 기쁨을 함께 나눌 수 있는 좋은 사람들이 있었다.

왕석이의 이야기처럼 GIST에서는 수업과 과제가 수강생들이 함께 모여 이야기하는 방식으로 진행되는 경우가 많았다. 철학 수업에서 니코스 카잔차키스Nikos Kazantzakis의 『그리스인 조르바』를 읽고 에세이를 쓰는 과제를 할 때, 밤에 친구들을 불러 모아 야식을 먹으며 한참을 이야기했던 기억이 난다. 닭다리 하나를 뜯으며 선과 악의 정의를 물었고, 콜라 한 잔을 마시며 선악의 분류 안에 갇혀 사는 나를 반성했다. 그 결과 리포트는 아주 쉽게 쓸 수 있었다.

우리 모두 대학 4년 동안 공통된 경험을 했기에 독서 모임도 이런 방식으로 했다. 그래서였을까, 마치 독서 모임을 10년은 한 것 같다고 소감을 남긴 친구의 말에 나도 공감했다.

우리가 독서 모임을 시작한 이유는 이처럼 참 다양했다. 공감과 교류의 장으로서 독서의 기회로서 수업의 연장선으로서 독서 모임을 하기 시작했다. 그리고 함께 마음이 통한 사람들이 있었기에 우리의 독서 모임은 시작되었다.

2

독서 모임은
자유다

 들어가며

어떻게 운영할까?

독서 모임을 만들기 위해 가졌던 첫 회의. 평소 잘 알고 지내던 형들이라 수월하게 끝날 줄 알았지만 대화가 점점 길어졌다. 모임의 인원은 몇 명이 적당한지, 추가 인원을 모집한다면 어떻게 홍보할 것인지, 장소는 어느 곳으로 정할지, 퇴근하고 밤에 모일지 아니면 점심시간과 같은 자투리 시간을 활용할 것인지 등등 결정해야 할 일들이 무척 많았다.

그중 가장 오래 상의한 내용은 '책을 어떤 기준과 방법으로 정할지(책 선정 방식)'였다. 그도 그럴 것이, 어떤 책을 고르느냐에 따라 구성원들의 참여도가 달라지고 이는 곧 대화의 양과 질을 결정하기 때문이다. 예를 들어, 우리는 몇 달간 본업인 대학원생 업무에 시간을 쏟기 위해 '분량이 적고' 배경 지식이 없어도 '읽기 쉬운 문학'만을 고르기로 했던 적이 있었다. 때로는 한 가지 분야에 대해 깊이 공부해보기 위해 특정 분야의 여러 가지 도서들을 연달아 읽기도 했다. 이렇게 각자의 스케줄이나 여가시간, 흥미에 따라 책 선정 방식을 바꾸었다. 그런데 책 선정 방식이 이렇게 쉽게 바뀔 수 있는 것이 걱정되었다. 뒤에 나오겠지만, 실제로 책 선정 방식은 몇 달마다 구성원들의 상의를 거쳐 지속적으로 바뀌었다. 이번 장에서는 이 과정을 시간 순으로 자세하게 보여주며 독서 모임을 운영하기 위한 아이디어와 우리가 겪은 고충을 독자와 공유하고자 한다.

첫 번째 시즌

- 시작은 가볍게

어떤 책을 읽을지 누가 그리고 **어떻게** 정해야 할까? 책을 많이 읽은 사람이 추천하는 것이 하나의 방법일 수 있다. 왕석이 형과 창묵이 형이 학부생일 시절에 참여했던 직장인 독서 모임은 이렇게 진행했다고 한다. 모임 준비에 시간을 많이 할애할 수 있는 운영진이 미리 정해져 있다면 이 방법이 좋을 수도 있다. 나처럼 책을 정기적·반강제적(?)으로 읽고 싶은 사람에게는 양질의 책을 쉽고 빠르게 접할 수 있고, 발제문을 따로 준비하지 않아 편하기 때문이다. 하지만 두 형 모두 주도적으로 책 선정에 관여하지 못하는 점과 준비 부담이 덜한 만큼 깊고 지속적인 토의를 할 수 없었던 점이 아쉬웠다고 한다. 특히 우리 모임의 구성원은 시간적 여유가 많지 않은 대학원생들이었기 때문에 운영진을 따로 정하기 어려웠다. 그래서 우리는 모두가 비슷한 시간을 짜내어 균등한 기회를 얻는 방식으로 진행하기로 했다. 서로가 순번을 돌아가며 모임의 주최자가 되어 책을 정하는 방식이다.

그림 1 우리 독서 모임의 첫 회의록

독서모임

Core member : 조민상, 오왕석, 송훈, 강창묵, 신정욱

목적 : 과기원 내 생활에서 느낄 수 없는 지적 호기심을 충족시키기 위함

인원 : 10명 내외, 적극적인 참여를 이끌어내고 의견의 효율적 공유를 위한 숫자.

모임 전개 방식 : 호스트가 1~2주 모임의 장소(스터디룸), 시간, 책, 모임의 내용을 준비. 책은 미리 도서관에 주문.

 • 한 달 간의 책 리스트는 미리 정하고, 도서관에 미리 주문.

공지 방식 : 카카오톡 단체방.

장소 : 도서관 스터디룸(호스트가 예약), 제 1학생회관 3층의 교회 동아리방

시간 : 수요일 밤(7시 이후로 상황에 따라 정함), 금요일 점심(11-13시)

날짜	주최자	도서
9/25 11:00	조민상	면도날 / 서머싯 몸
10/2 12:00	조민상	
10/8 21:00	오왕석	광장 / 최인훈
10/16 18:30	송훈	실존주의는 휴머니즘이다 / 사르트르
11/6 12:00	오왕석	무정 / 이광수
11/15 19:30	강창묵	인간실격 / 다자이 오사무
11/27 19:00	신정욱	유림 1권 - 조광조 편 / 최인호

신입 멤버는 환영.

그럼 **어떻게** 정하면 될까? 자유롭게 정하는 것도 좋다. 다만 완전한 자유에는 그만큼 큰 책임이 따른다. 내가 고른 책이 다른 사람들

　　　　　　　　　　　　　　2. 독서 모임은 자유다

의 흥미를 끌지 못하거나 나한테만 쉽고 다른 사람에게는 어려워서 읽기 힘든 책이라면 굉장히 무안할 것이다. 나처럼 평소에 책을 잘 안 읽는 사람에게는 더 큰 부담이었다. 내게 자유 주제로 책을 고르라는 것은 패션을 모르는 사람에게 예쁜 코디법을 추천해달라는 것과 같았다. 소설, 시집, 자서전, 정보서 등 어떤 종류의 책들을 고를지, 소설 중에서는 판타지, 추리, 고전, 공상과학 등 어느 분야가 좋을지, 그 분야에서 어느 작가의 책을 골라야 할지, 다른 사람들이 낯설어 할 비주류 분야는 아닐지 …. 급한 대로 옷 가게 앞에 진열된 인기 상품들처럼 베스트셀러 책을 집을 수 있지만, 내가 주도적으로 참여하는 독서 모임에서 아무 책이나 고르고 싶지는 않았다. 결론적으로 나를 포함하여 독서 모임에 입문한 사람들에게 적응할 시간이 필요했다. 감사하게도 형들도 첫 번째 시즌의 책 선정 기준을 좁히는 것에 동의했다.

그래서 우리는 첫 번째 시즌의 주제를 '나의 인생에서 제일 소중한 책'을 소개하는 것으로 정했다. 책을 많이 읽은 사람이라면 양질의 도서를 고를 수 있고, 나라면 집에서 굴러다니는 책 혹은 학생 시절에 읽었던 추천 도서들 중 하나를 고를 수 있기 때문에 꽤 공평했다. 이미 읽었던 책이기 때문에 준비하기에 용이하다는 장점도 있었다. 참여자들이 모임 전에 편하게 읽고 준비할 수 있도록 두 가지 조건을 추가했다. 첫 번째는 문학 도서 중에 정하는 것이다. 비문학 도서들은 배경 지식이 없으면 읽기 어려운 경우가 많다. 두 번째는 한 권을 고르되 수필 혹은 단편 소설을 고르는 것이다. 이런 조건들하에 우리가 고른 책들은 서머싯 몸William Somerset Maugham의 『면도날』, 장

폴 사르트르Jean-Paul Sartre의 『실존주의는 휴머니즘이다』, 다자이 오사무太宰治의 『인간실격人間失格』, 최인호의 『유림』, 최인훈의 『광장』이었다. 세계 고전 소설과 한국 고전 소설, 실존주의와 유학, 단편소설과 수필까지, 각자의 취향과 개성이 충분히 드러나면서도 쉽고 재미있게 읽을 수 있는 책들이었다.

표 1 첫 번째 시즌에서 선정한 도서 목록

순서	주최자	책 제목	저자
1	조민상	면도날	서머싯 몸
2	송훈	실존주의는 휴머니즘이다	장 폴 사르트르
3	강창묵	인간실격	다자이 오사무
4	신정욱	유림 중 1권	최인호
5	오왕석	광장	최인훈

모두가 의욕적으로 참여한 첫 번째 시즌이어서 그런 것일까. 개인적으로 내게는 이 책들을 읽으면서 얻은 느낌과 인상이 제일 강렬했다. 당시 대학 강의에서 권장하는 도서들에 익숙했던 나는 소설이 '유용한 정보가 없는 장르'라는 편견을 갖고 있었다. 과하게 표현하면 시간 때우는 장르로 여겼다. 하지만 독서 모임에서 서머싯 몸의 『면도날』, 다자이 오사무의 『인간실격』, 최인훈의 『광장』과 같은 명작들에 대해 의견을 나누어 보니 내가 책을 깊게 이해하지 못했다는 것을 깨달았다. 예를 들어, 서머싯 몸의 『면도날』을 처음 읽을 때는 이 책이 주인공 래리와 이사벨의 이루어지지 않은 사랑 이야기라고 생각했다. 하지만 독서 모임에서 저자 서머싯 몸이 19세기 말

부터 20세기 초까지 살았다는 걸 알게 되면서, 몸과 동시대를 살던 철학자 니체의 사상을 함께 떠올렸다. 이 책의 주인공, 휘황찬란한 삶을 산 슈퍼맨 같은 남자 '래리'로부터 니체가 언급한 '위버멘쉬 Übermensch(니체 철학의 용어로 '초인'을 의미)'가 떠올랐다. 그 뒤로도 과거에 배웠던 니체, 장자와 같은 다양한 철학자들의 사상들이 떠오르면서 굳어 있던 머리에 생기가 도는 듯했다.

이런 소설들 사이를 비집고 나온 것이 『실존주의는 휴머니즘이다』라는 수필이었다. 실존주의實存主義＊의 대가 사르트르의 생각이 가감 없이 서술된 것이 소설에서 이야기가 전개되는 방식과 대조되어 매우 신선했다. 또한 훈이 형의 실존주의에 대한 열정이 느껴졌고, 이 주제로 진지하면서도 재미있게 토의를 할 수 있는 다른 형들을 다시 보게 된 기회이기도 했다. 이 책을 통해 '이 독서 모임에서 다양한 분야의 책을 접할 수 있겠구나'라는 기대감을 가지게 되었다. 큰 기대도 부담도 없이 진행한 시즌이었지만 값진 독서 경험과 많은 깨달음을 얻을 수 있는 시기였다.

＊ 전후 독일과 프랑스에서 유행한 20세기의 철학 및 문학 사조로 주체적인 존재로서의 개인을 강조한다. 키르케고르, 니체, 하이데거와 사르트르 등이 대표적인 실존주의 철학자이다.

두 번째 시즌

- 한 가지 분야만 탐구하기

첫 번째 시즌에서 구성원 모두가 책 한 권씩을 발제해보며 몸을 풀어보았다. 상대적으로 읽고 준비하기 쉬운 작품들을 다루어서 그런지, 모두들 좀 더 어려운 주제에 대해 깊이 있는 대화를 나누고 싶은 마음이 들었다(대학원생들의 직업병 때문인 것 같기도 하다). 시기상으로도 12월이라서 방학이 시작되면 수업과 과제에서 벗어날 수 있었다. 그래서 두 번째 시즌에서는 각자 한 가지 분야를 정하고, 관련 도서 두세 권을 연속으로 발제하고 토의해보기로 했다.

추가적으로, 가능하다면 자대 대학원에 진학했다는 특수성을 이용하여 해당 분야를 전공한 학부 교수님에게 좋은 책을 추천받기로

그림 2 두 번째 시즌의 회의록(주제들 중 일부는 추후에 바뀌었다)

독서모임 시즌 2

- 주제 : 각자 한 달간 탐구하고 싶은 분야를 정해서 해당 분야의 전문가에게 책을 의뢰하고 2-3권의 책들을 선택하여 토의를 한다.

- 주제 목록

	주제	순서
오왕석	중동	5
송훈	영화	2
조민상	(미래)정치경제	1
강창묵	(다양한)연애	4
신정욱	페미니즘	3

- 12/5(토) : 움베르트의 <세상의 바보들에게 웃으면서 화내는 방법>

- 필수 준비 사항 : 전문가 이름, 책 목록, 한 달 간의 계획(자신의 테마 1주 전에 발표하기)
- 날짜 : 12/21(월) 저녁부터 시작. 4주씩.

2. 독서 모임은 자유다

했나. 당시 GIST 학부는 인문학 교육을 강화하기 위해 과학 외 다양한 분야의 교수님들을 채용하였다. 또한 평균적으로 한 강의당 학생 수가 열댓 명 정도였기 때문에 교수님들과 더 많은 대화를 하고, 강의실 밖에서도 편하고 좋은 관계를 유지할 수 있었다. 예를 들어, 나는 페미니즘을 모임의 주제로 골랐다가 후에 과학철학으로 바꿨는데, 이 주제에 어울리는 책을 고르기 위해 과학철학을 잘 아는 전문가를 찾고 있었다. 마침 학부의 김건우 교수님의 석사 전공이 과학철학임을 알게 되었다. 비록 교수님의 수업을 직접 들어본 적은 없었지만, 보통 학부 교수님들은 학생들의 질문과 활동에 호의적이셨기 때문에 자신 있게 교수님께 책 선정을 자문했다. 본인이 가르치지 않았던 학생임에도 불구하고 교수님은 내 면담 요청에 긍정적

표 2 두 번째 시즌에서 선정한 도서 목록

순서	주최자	분야	책 제목	저자
1	조민상	경제	자본주의와 중국의 21세기	황런위
			더 나은 삶을 상상하라	토니 주크
2	송훈	영화	영화예술학 입문	배상준
			이매진	진중권
			언젠가 세상은 영화가 될 것이다	정성일, 정우열
3	신정욱	과학철학	과학, 철학을 만나다	장하석
			인간의 얼굴을 한 과학	홍성욱
4	강창묵	사랑	마담 보바리	귀스타브 플로베르
			젊은 베르테르의 슬픔	요한 볼프강 폰 괴테
			롤리타	블라디미르 나보코프
5	오왕석	대학	대학의 역사	이광주
			대학의 배신	마이클 로스
			진격의 대학교	오찬세

으로 반응해주셨다. 그리고 사무실로 부르서서 과학철학이 어떤 학문인지 알려주시고, 입문하기에는 어떤 책이 좋은지 추천해주셨다.

이런 식으로 각자가 고른 분야와 도서를 표2에 정리해두었다. 경제, 영화, 과학철학, 사랑, 대학 … 이렇게 다양한 분야의 도서들을 고르게 된 과정과 이유를 각자에게 물어보았다. 세 명의 개성 있고 재미있는 사연을 소개하고자 한다.

유형1 좋은 내용 함께 복습하기 – 조민상(경제 시스템)

나는 어렸을 적부터 주로 우주의 근원이나 인간의 본성 같은 형이상학적 문제에 관심이 많았지만, 대학교 3학년 때 총학생회 활동을 하며 사회 문제에 더 관심을 기울이게 되었어. 특히 당시의 GIST 총학생회 구성원들은 고유한 정체성을 확립하고 조직체계를 갖추는 것이 중요한 문제였기 때문에 집단의 정체성 및 조직 운영과 관련한 많은 책을 읽었지. 학생회 활동이 끝난 이후에는 자연스럽게 나의 경험을 확장시켜 대한민국 사회를 이해하고 싶었어. 사회, 경제, 역사, 정치 관련 책들을 가리지 않고 많이 읽었어. 내가 독서 모임에서 선정한 책들은 나의 이런 관심사를 그대로 반영한 책들이야. 그중에서도 우리 나이 대에 가장 크게 느껴질 문제였던 경제, 그중에서도 경제 시스템에 대한 책들이 모임에 적합한 책이라고 생각했어.

2015년 12월 함께 읽었던 황런위黃仁宇의 『자본주의의 역사와 중국의 21세기』는 현대 경제가 어떤 맥락하에 서로 영향을 주고받는지를 고민하며 찾게 된 책이야. 박근혜 정부 출범과 함께 '창조경제'가 한국 경제의 슬로건이 되면서 GIST에도 창조과학혁신센터가 설립되었어. 기숙사와 연구실을 오가며 그 건물을 볼 때마다 GIST의 구성원으로서 과학기술 연구를 통해 일자리 창출에 기여해야 한다는 일종의 사명감(?)은 있었지만, 경제 시스템에 대해선 이해가 부족하다는 생각은 계속 가지고 있었어. 그런 상황에서 영국에는 브렉시트Brexit(영국의 유럽연합 탈퇴를 뜻하는 단어) 이슈가, 미국에서는 대통령 선거의 영향이 경제에 줄 영향이 분석·발표되면서 전 세계의 경제 시스템이 어떤 방식으로 연결되어 있으며, 이것이 어떻게 만들어졌는지 이해하고 대응방식을 결정해야 될지가 궁금해진 것이 책 선정의 이유였어. 자본주의의 전개 과정의 역사가 잘 기술되어 있는 황런위의 책은 지금의 사건이 과거와 어떤 연관이 있는지 연결해보면서 공부할 수 있는 좋은 후보였지.

토니 주트Tony Judt의 『더 나은 삶을 상상하라』는 대학 독서 모임 시절 철학을 가르쳐주셨던 이용주 교수님께 추천을 받고 훑어본 책이야. 위의 고민들을 가지고 책들을 살펴보던 중 "오늘날 우리가 살아가는 삶의 방식은 무언가 근본적으로 잘못되어 있다"라는 책 구절이 내 마음을 울렸지. 빈부격차의 심화와 점증하는 기회의 불균등, 계급과 계층 간에 나타나는 불의, 국내외에서 벌어지고 있는 경제적 착취, 민주주의를 옥죄는 특권과 부패, 금권 정치, 이런 것들을 사회 경험이 많지 않은 우리들도 느끼고 있었고, 저자는 그 부분을 지적했으니까. 또한 더 중요한 것은 그런 사회구조가 개인의 사고와 삶의 방식까지 옥죄고 있다는 저자의 지적이, 내게는 부패한 세상에서 외치는 선지자와 같은 이미지로 다가왔어. 이런 느낌과 생각을 공유하고자 꼭 같이 읽어보고 싶었어.

그림 3 **민상이 형의 주제 독서**

첫 번째 주제 - 미래의 정치 및 경제

주최자 : 조민상

전문가 : 김건우 교수님

15.12.30 첫 모임 : "더 나은 삶을 상상하라 : 사회 이해하기". 동일 폴더 내 파일 참조.

16.01.05 수정

- 주제 수정 : '국가'보다는, 책 내용에 충실하게 '자본주의'에 초점을 맞추고자 함.

- 수정된 도서 목록

1) <자본주의 역사와 중국의> 21세기
2) <국가는 왜 실패하는가> - 데런 에쓰모글루
      현재 자본주의 체제를 긍정하고 확대/발전시키자는 주장
3,4) <공공철학이란 무엇인가>, <더 나은 삶을 상상하라> - 토니 주크
      자본주의 체제의 대안에 대한 고민 (3 철학적/4 실천적) 을 다룬 책들

- 수정된 의제(주안점)과 그에 대한 설명

내용이해질문

내용이해1 - 자본주의의 개념
Q1) 자본주의라는 것은 무엇인가? 이 책에서 도출한 자본주의의 정의는 무엇인가? 사회주의 및 공산주의라는 것은 무엇이며, 이것은 자본주의와 반대되는 개념인가? (p.518 - 526)

내용이해2 - 자본주의의 역사
Q2) 베네치아, 네덜란드, 영국에서 자본주의가 어떤 방식으로 태동되었는가? 필자가 취한 역사적인 관점에서 각 국가들은 근대 자본주의 국가 시스템에 일정부분 기여를 한 제도들을 만들어 내었는데, 그것은 각각 무엇인가?
Q3) 미국과 일본, 독일에서 나타난 자본주의는 각각 어떠한 특성이 있는가?
Q4) 프랑스, 러시아, 중국에서 일어난 혁명은 자본주의와 어떤 관련이 있는가? 왜 이 국가에선 혁명이 일어날 수밖에 없었는가? 혁명의 목적은, 그리고 그것이 현재의 국가시스템에 어떠한 영향을 주었는가?

토론주제
Q5) 위와 같은 자본주의 정의가 지금 한국의 국가경제 시스템에도 동일하게 적용이 되는가? 만약 다른 부분이 있다면 어느 부분이 다른가? 이후에 자본주의에 덧붙여진 것들은 없는가?
Q6) 자본주의의 병리는 무엇인가? 또 그것에 대한 대응은 무엇인가? 이런 병리들이 자본주의 체계 내에서 해결될 수 있는 문제인가 아니면 다른 체제가 필요한 것인가?
Q7) 만약 자본주의의 병리를 자본주의 내에서 해결하지 못한다고 했을 때, 사람들이 가지고 있는 대안은 무엇인가? 새로운 사회를 만들어가려고 하는 Idea는 무엇인가?

유형 2 　내가 가장 좋아하는 것 소개하기 — 송훈(영화)

이 당시에 영화를 진짜 많이 봤어. 한 가지 주제에 대하여 깊게 읽어보자는 이야기가 나왔을 때 제일 먼저 생각난 것도 영화였지. 당시 영화제에도 많이 참여했고, 거의 하루에 한 편씩 영화를 볼 정도로 영화를 좋아했거든. 무엇보다 그 당시 장건재 감독의 〈한 여름의 판타지아〉라는 영화를 보았고, 그 영화에 대해 이야기를 하고 싶었어. 하지만 나조차도 영화의 기본적인 개념을 모르니 어디서부터 어떻게 설명해야 할지 몰랐던 거지. 그래서 첫 책을 영화의 전반

그림 4 **훈이 형의 주제 독서**

두 번째 주제 - 영화

주최자 : 송훈
전문가 : 교수님 장진호

지금 당장 제가 생각하는 도서는 '영화를 좋아하는 사람이라면 꼭 알아야 할 70가지-씨네21 편집장 주성철 기자', '언젠가 세상은 영화가 될 것이다- 정성일 평론가', '진중권의 이매진- 진중권 교수'입니다. 세 책은 굳이 이야기를 하자면, 영화를 재미있게 보기 위해 도움이 되는 책입니다.

또 다른 하나는 '영화 이미지학 -김호영' 인데요. 이 책은 영화영상이란 무엇인가? 라는 질문에 대한 철학자들의 사유를 따라가는 책인데요. 개인적으로 하고 싶지만 너무 어려워서 이번에는 못 할 것 같네요.

또 하나 이름은 기억 안나는데 영화에 대한 전반적인 사실들을 적어 놓은 짧은 책이 있는데 그것도 할 까 생각중입니다. (제작과정, 영화역사, 영화이론(짧게), 시나리오, 등..)

1. 〈영화예술학 입문〉

2. 다음 모임은 설날 이후입니다.
도서는 진중권의 〈이매진〉.
- 추가 과제 : 영화 **"한 여름의 판타지아"** 보고 오기 : 영화 해설은 제가 간단히 하고 각자 궁금한 점 생각해오기. 가능하다면 다른 영화 한 편을 보고 진중권식으로 인문학적으로 생각해 보기.

3. 다음 책은 주성철 기자의 〈언젠가 세상은 영화가 될 것이다〉이니 미리 준비해주세요.

에 대해 알 수 있는 『영화 예술학 개론』으로 선정했고. 이 책은 영화의 역사, 배급 방식, 연출, 연기, 장르 등 정보를 전달하는 수업 교재와 같은 책이었기 때문에 다른 친구들을 당황스럽게 만들 수 있었지만, 나는 이 책을 준비하면서 영화의 기본에 대해서 다시 확실하게 짚고 넘어갈 수 있어서 좋았어. 2주 차에는 영화의 매체로서의 확장성을 소개하기 위해 진중권의 『이매진Imagine』을 선정했고, 3주 차에는 나의 영화에 대한 '사랑'을 보여주고자 정성일의 『언젠가 세상은 영화가 될 것이다』를 골랐던 거지. 그리고 마지막 주에는 내가 영화를 감상하는 법을 소개하기 위해 〈한 여름의 판타지아〉를 독서 모임원들에게 보게 한 뒤 내가 직접 그 영화에 대한 해설을 해주었던 기억이 나네(다들 생각 이상으로 좋아해 줘서 뿌듯하기도 했지).

유형 3 궁금했던 분야, 같이 공부하기 – 신정욱(과학철학)

과학은 내 전공이고 철학은 사물과 개념을 아우르는 재미있는 학문인데, 그러면 '과학철학은 무엇일까?'에 대한 궁금증을 늘 갖고 있었어. 집에 있는 (어려운 한자가 뒤섞인) 과학철학 도서를 읽어보려는 시도도 해보았지만, 한 장chapter도 제대로 읽고 이해하기 힘들었지. 그래서 비교적 쉬운 입문서들을 나보다 높은 지식수준을 갖춘 사람들과 함께 읽고 토의해보고 싶다는 생각에서 이 분야를 선택하게 됐어. 과학을 모르는 구성원이 있었다면 내가 완전히 이해한 상태에서 상세한 설명을 준비해야 하기 때문에 오랜 시간과 노력이 필요했겠지만, 잘 알려진 과학사 내용과 과학 지식들은 우리 모두가 알고 있기 때문에 준비가 비교적 수월할 거라고 생각한 점도 있었고.

나도 잘 알지 못하는 분야이기 때문에 인터넷에서 찾은 정보들만으로 같이 읽을 책들을 확정할 수는 없었어. 그래서 GIST 대학의 김건우 교수님께 책 선정에 대한 조언을 부탁드렸지. 개인적으로 교수님 수업을 듣지 않았지만 교수님은 내 요청에 호의적으로 응해주셨어. 그래서 과학철학 도서들을 정리한 목록을 가져가 교수님과 이야기해보았고, 교수님은 전공 서적보다는 입문서를 읽어볼 것을 권하시면서 '서울대학교 과학사 및 과학철학 협동 과정 홈페이지'의 권장 도서들을 추천해주셨어. 내가 검색해서 모은 도서들은 직접 읽어보지 않았기 때문에 난이도를 파악하기 어려웠는데, 교수님의 의견과 서울대학교 전공 홈페이지의 내용을 이용하니 비교적 순탄하게 최종 서적으로 『과학, 철학을 만나다』와 『인간의 얼굴을 한 과학』을 고를 수 있었어.

이런 책 선정 방식은 주최자와 참가자 모두에게 큰 도움이 되었다. 먼저 경제 시스템, 영화, 과학철학, 사랑, 대학 등 인문학에 대해 지속적으로 관심을 가지고 고민할 수 있는 자리였다. 대학의 부패, 한 - 일 - 미 - 중 무역 갈등, 세계경제의 불평등 문제 등 평소에 다루기 어려운 시사문제에 대한 다양한 견해를 공유할 수 있었다. 또한 사랑이라는 감정을 다양한 관점에서 고민하고, 영화라는 매체가 가진 정보와 영향력을 배우고, 늘 가까이에 있던 과학을 이해하기 위한 새로운 시각을 얻을 수 있었다. 덤으로 각 분야의 많은 지식도 얻을 수 있었다. 주최자로서는 모임이 주는 강제성과 가까이에 계신 교수님들의 전문성을 빌릴 수 있어서 혼자 하는 것보다 양적으로나

그림 5 나의(정욱) 주제 독서

3번째 주제: **과학사와 과학철학**

신정욱

　　이번 주제는 과학사와 과학철학입니다. 개인적으로 이공계인이라면 과학사와 과학철학을 어느 정도 숙지해야 한다고 생각했고, 학부 때 공부하지 않은 게 아쉬움으로 남아 이번 주제로 선정하게 됐습니다 ^^. 석사 과정 중에 과학철학을 전공하신 김건우 교수님(1998 SNU History and Philosophy of Science)이 추천해주신 도서들, 교수님이 추천해주신 '서울대학교 과학사 및 과학철학 협동과정 홈페이지'의 권장도서들을[1] 세네 권을 골라 독서 순서를 정해보았습니다. 사실 저 또한 이 분야에 대해서 여러분과 비슷한 지식 수준을 갖고 시작하는 셈이라 자신이 없습니다만, 열심히 읽고 김건우 교수님께 조언을 구하면서 잘 소화해보도록 노력하겠습니다.

도서 목록

주차	제목	저자	추천 이유
1	과학, 철학을 만나다	장하석	대중을 위한 과학철학 입문 도서
2	과학사신론	김영식, 임경순	과학철학에 입문하기 전에 (근대)과학사를 공부하기 위함.
3	과학 철학의 이해	제임스 래디먼	본인이 대학에서 강의했던 것을 경험 삼아 쉽게 설명. 폭넓은 참고문헌. 다양한 과학철학의 견해들을 객관적/철학적으로 설명.
4	STS[2] 입문서 중 하나	추후 공지	과학기술학 맛보기

[1] http://phps.snu.ac.kr/ver3/books

[2] STS(Science and Technology Studies): '과학기술학'과 '과학, 기술, 사회'의 두 가지로 번역되는 학문으로, '과학기술의 철학적 이해'라는 과목에서 알 수 있듯이 과학기술을 철학은 물론 사회학, 역사학, 문화학 등 타 학문과 연계시켜 연구하고 이해하는 학문이 바로 STS다. 최근 국내외에서 과학기술철학, 과학기술역사학, 과학기술사회학, 과학기술정책학 등의 여러 분과 학문의 연합체로서가 아니라 나름대로의 학문적 정체성을 가진 독자적인 연구분야로 자리잡아 가고 있다.

질적으로나 더 효율적으로 공부할 수 있다는 점이 좋았다. 또한 내가 관심 있던 것 혹은 좋아하는 것을 다른 이들과 공유할 수 있는 즐거운 자리였다.

　이렇게 좋은 방식임에도 불구하고 두 번째 시즌은 모두가 한 번씩

만 하고 끝이 났다. 그만큼 치명적인 단점이 있기 때문이다. 바로 '강제성'에서 오는 스트레스였다. 짧게는 4주에서 길게는 세 달 동안 쉽지 않은 내용의 도서들을 남들보다 더 많이 읽어보고 이해한 뒤 발제문을 작성해서 토의를 주도한다고 생각해보면 납득이 될 것이다. 나도 세 번째 모임을 준비할 때부터 대학원 업무와 병행하는 데 큰 부담을 느꼈다. 그래서 마지막 두 개의 모임을 준비하는 데 한 달이 넘는 시간을 썼다. 다른 사람들도 비슷하게 느꼈고, 결국 이 시즌의 마지막 모임에서 만장일치로 한동안은 자유롭게 책을 고르자고 했던 기억이 난다.

세 번째 시즌
- 준비는 가볍게, 모임은 오래오래

이 시즌이 제일 긴 시즌이자 마지막 시즌이었다. 시즌을 시작하기 전에는 멤버들 모두가 두 번씩 발제할 때까지 한 명씩 순번을 바꿔가며 주최하려고 했다. 즉, 임시방편으로 시작한 것이었는데, 결국 이 체계를 끝까지 유지하게 되었다. 주된 이유는 우리 모두 연차가 점차 쌓이면서 연구 업무량이 늘어나 다른 변화를 시도할 만한 여유가 없었기 때문이었다. 그래서 모임 일정은 정기적으로 잡았어도 점차 출석률이 낮아지기 시작했다. 심할 때는 두 명만 모여서 10분 만에 모임을 끝낸 적도 있을 정도였다. 이런 불편함을 모두 인지했던 터라 이전 시즌보다 책 선정 과정과 발제 방식을 가볍게 가져가서

그림 6 독서 모임 세 번째 시즌의 두 번째 회 차의 주최자 순서

GIST 독서 모임

오왕석
2017년 2월 5일 오후 10:47 · 공지

독서모임 시즌 4 순서
1) 민상 12월30일(금) 저녁 5시30분
2) 정욱
3) 창묵
4) 송훈
5) 윤희
6) 왕석
7) 효석
8) 예린

시즌4 주제 : 자기가 읽고싶은책 (2)
정기모임시간 : 일요일 오후 9시반

* 당시에는 구성원들 모두가 한 번씩 발제를 하는 기간을 한 개의 시즌으로 간주했기 때문에 시즌 3의 두 번째 회 차를 시즌 4로 표기했다. 기존 구성원들(민상, 정욱, 창묵, 송훈, 왕석) 외에 세 명을 더 추가하여, 인원이 적어서 발생하는 불편함을 해결하고자 했다.

기존 회원들의 부담도 줄이고, 진입 장벽을 낮춰 새로운 회원들을 모집하고자 했다.

다음은 세 번째 시즌에서 선정한 도서 목록이다.

책 선정 및 발제 방식을 쉽게 만든 것은 생각 외로 여러 가지 효과가 있었다. 먼저 기존 구성원들이 쉽고 편하게 준비할 수 있었다. 또한 주변 학생들에게 모임을 권유할 때 '본인이 읽고 싶은 책이면 어느 책이든지 상관없다'고 하니 호응이 많았다. 그래서 이번 시즌에는 발제에 참여한 김효석, 허예린 학생과 토의에만 참여한 김윤희

표 3 세 번째 시즌에서 선정한 도서 목록

주최자	책 제목	저자
오왕석	목소리를 보았네	올리버 색스
송훈	나와 친구 그리고 죽어가는 소녀	제시 앤드루스
강창묵	아름다움의 구원	함병철
	에로스의 종말	
조민상	군주의 거울 – 키루스의 교육	김상근
신정욱	시골빵집에서 자본론을 굽다	와타나베 이타루
김효석	불필요한 것들과 헤어지기	마스노 순묘
허예린	이방인	알베르 카뮈
조민상	불평등의 대가	조지프 스타글리츠
강창묵	죽음이란 무엇인가	셸리 케이건
신정욱	강신주의 감정 수업	강신주
오왕석	시적 정의	마사 누스바움
허예린	빨래하는 페미니즘	스테퍼니 스탈
신정욱	우리 몸은 아직 원시시대	권용철

학생까지 총 세 명의 구성원이 추가되었고, 그 수가 늘어난 만큼 더 활발한 분위기에서 다양한 의견을 공유할 수 있었다. 모두가 한 번씩 발제를 하는 데 걸리는 기간이 늘어나기 때문에 준비에 대한 부담이 줄어든 것은 덤이다. 짧으면 두 달, 길면 약 네 달마다 차례가 돌아왔다.

다만 한 가지 걱정이 있었다. 구성원들이 전부 이공계 대학원생들이기 때문에 각자가 원하는 책을 고르다 보면 특정 분야로 편중되지 않을까? 결국 비슷한 책을 반복해서 읽다 보면 재미가 없어질 것 같았다. 하지만 다행히도 구성원들의 관심 분야가 다양해서 여러 분야의 좋은 책들을 읽을 수 있었다. 표 3과 같이 관심 분야와 책이 저마다 다르다 보니 각자 본인의 순서가 돌아왔을 때 어떻게 책을 선정하는지 궁금했다. 그래서 이번 기회에 평소 책을 어디에서 어떻게 찾아보는지 그리고 모임에서 발제할 책은 어떻게 선정하는지 물어보았다.

민상　주로 내가 고민하는 문제를 해결하기 위해 책을 고르는 편이야. 앞서 이야기했듯이 경제 시스템은 내가 계속해서 관심 있는 주제이기에 항상 관련된 많은 책을 읽고 글을 썼어. 그래서 두 번째 시즌에 이어 세 번째 시즌에도 자본주의의 문제를 다룬 책들을 선정했어. 노벨 경제학상 수상자 조지프 스티글리츠Joseph Eugene Stiglitz의 저서 『불평등의 대가The Price of Inequality: How Today's Divided Society Endangers Our Future』가 기억에 남네. 책을 선정한 2016년 말 당시 박근혜 대통령의 국정농단이라는 역사적 사건이 있었잖아. 이 사건을 통해 내가 살고 있는 '대한민국'이라는 국가에 대해 지속적으로 책임의식을 가져야 한다고 생각했어. "중요한 것은 세상을 변화시키는 것"이라 말했던 '토니 주트'(두 번째 시즌에서 선정한 책의 저자)의 외침을 우리가 실현해야 할 시기라고 보았어. 그런 점에서 미국의 사례를 통해 불평등이 어떤 방식으로 시스템화되었는지 현실감 있게 설명해주는 이 책이 적합하다고 생각한 거야.

왕석　거의 매주 학교 근처의 오프라인 서점에 가는 편이야. 베스트셀러는 온라인 서점과 크게 다르지 않지만, 간혹 오프라인 서점에서만 만날 수 있는 책이 있거든. 독서 모임에서 함께 이야기할 책을 고를 때는 여러 가지 조건을 고려했어. 나 혼자 재미있게 읽기는 좋지만 함께 읽고 이야기를 나누기에는 적절하지 않은 책은 배제했어. 예를 들어, 정보 전달을 중심으로 하는 경제, 경영 서적이나 작가의 개인적인 경험을 다룬 에세이 등은 일부러 고르지 않았어. 그러면서도 독서 모임의 구성원 모두가 충분히 소화할 수 있는 책을 선정하고자 했어. 올리버 색스Oliver Wolf Sacks의 『목소리를 보았네Seeing Voices』가 그중 하나야. 올리버 색스는 대중에게도 많이 알려져 있는 작가였기 때문에 다른 사람들도 쉽게 읽을 수 있을 것 같았거든. 또한 책을 고를 당시에 새로운 언어로서 '수화'를 배워보고 싶다는 생각이 들었고 다른 친구들에게도 재미있는 대화의 소재가 될 수 있을 거라고 생각했어. 제목이 매력적인 것도 큰 이유였지.

훈　보통 사람들은 책을 완독해야 한다는 강박을 가지는 것 같은데 나는 그런 강박이 없는 편이야. 그래서 책에 대한 부담감 없이 도서관과 서점을 자주 찾게 되는 것 같아. 그리고 같은 분야의 도서만 보게 되는 습관을 막으려고 일부러 관심 없는 열로 가서 아무 책이나 집어 들어. 이렇게 전혀 모르는 책을 고른다는 마음으로 선정하게 된 책이 『나와 친구와 죽어가는 소녀Me and Earl and the Dying Girl』야. 이야기 속에서 유명한 영화인인 장 뤽 고다르Jean-Luc Godard의 영화들을 언급해서 이 영화들을 찾아보는 재미도 있을 것 같았어.

정욱　내 차례가 돌아오기 몇 주 전부터 주말에 학교 앞의 문고를 들렀어. '적당한' 온라인 서점이 아무리 잘 되어 있다지만 좋은 책들은 웬만하면 문고에 다 있을 거라 생각했으니까. 당시 내 관심사와 취향을 반영하되, 그동안 남들이 골랐던 책의 장르, 난이도, 분량 등을 고려하면서 선정했어. 이번 시즌에서 골랐던 책 세 권 중 두 권을 이렇게 고른 거야. 이렇게 고른 도서들 중 하나는 『시골빵집에서 자본론을 굽다田舎のパン屋が見つけた「腐る經濟」』야. 당시 대학원 생활이 많이 바빠지고 스트레스가 쌓였던 내게 '시골빵집'은 편안하고 여유를 주는 매력적인 단어였어. 그리고

'박사과정이 잘 안 풀리면 때려치우고 치킨집이나 차리자'라는 슬픈 농담을 즐겨 하던 때라서 '시골빵집'이라는 단어에서 치킨집이 떠올랐지. 시골빵집과 자본론, 두 단어에 흥미가 동하여 고르게 되었어.

위 답변들에서 모두가 책을 고르기 위해 온라인보다는 오프라인 서점을 간다는 공통점이 있었다. 같은 분야의 도서만 고집하는 것을 막기 위해 관심 없는 열의 아무 책이나 고르는 훈이 형의 아이디어도 재미있었다. 훈이 형처럼 새로운 분야에 대한 관심이 많은 사람이 있는가 하면, 민상이 형처럼 평소 갖고 있는 문제의식과 관련된 책을 고르는 사람이 있었다. 같은 대학원을 다니는 학생들이라 하더라도 서로 다른 고민과 아이디어를 갖고 있기 때문에 생각보다 다양한 분야의 재미있는 책들을 읽을 수 있었다.

앞에서 말한 준비하기 편하고, 분야도 다양하고, 모임 규모도 유지된다는 좋은 점들 덕분인지, 이 세 번째 시즌은 코로나로 모임이 중단되기 전까지 몇 년 동안 유지되었다. 다만 좋은 점이 많다고 이전 시즌들이 부정적인 방식이라는 것은 아니다. 첫 번째와 두 번째 시즌도 나름의 장점이 있었기에 추진을 했었고 우리의 독서 경험을 쌓는 데 큰 도움이 되었다. 이렇게도 해보고 저렇게도 해봤기 때문에 우리가 최종적으로 지금의 책 선정 방식에 정착할 수 있었다. 이부분에 대한 고민과 성찰은 4장에서 창묵이 형이 자세히 다룰 것이다.

마무리하며

그동안 우리가 어떤 상황에서 어떤 주제를 잡아 책을 선정했는지 이야기해보았다. 초기에는 읽기 쉬운 문학 도서로 가볍게 시작했다. 모임에 대한 적응이 끝난 뒤 한 가지 분야에 대해 깊게 이해하고자 같은 분야의 도서 두세 권들을 읽어보았다. 하지만 이 방식은 모임 준비에 대한 부담이 너무 컸다. 그래서 모임을 편하게, 오래 가지기 위해 각자가 원하는 책을 소개하는 방식으로 바꾸게 되었다. 이런 이야기들을 통해 우리가 강조하고 싶은 것은 늘 '독서 모임을 오래 유지하는 것'을 우선으로 체계를 만들라는 것이다. 2015년 9월부터 2017년 5월까지 짧다면 짧고 길다면 긴 기간 동안 바쁜 대학원 생활을 하며 30여 권의 책을 읽을 수 있었던 데는 구성원 모두가 이 점을 중요하게 여긴 것이 크다고 생각한다. 모임 초반의 주제를 이미 읽었던 책으로 정하여 입문 난이도를 낮춘 것도, 본인의 취향을 고려하되 다른 구성원들의 입장을 생각하여 적당한 분량과 난이도의 책을 선정한 것도, 모임의 마지막 1년을 각자가 좋아하는 책을 소개하는 방식으로 바꾼 것 모두 이런 생각에서 나온 것이었다. 이 장의 마지막 부분에서 다시 언급되겠지만 기존 인원들 중 몇 명이 나간 이후에도 창묵이 형과 왕석이 형을 주축으로 독서 모임이 유지되었는데, 이때도 같은 선정 방식을 사용했다. 아무쪼록 이 내용들이 독자들에게 도움이 되었기를 바라며, 이 장을 마무리한다.

3

독서 모임의 꽃,
발제문 쓰기

 들어가며

발제문, 어떻게 쓸까?

　'발제發題'란 쉽게 말해 이야깃거리를 던지는 일이다. 그리고 '발제문文'은 발제를 하기 위해 작성하는 글을 뜻한다. 일반적으로 주최자(발제자)는 발제문을 작성하면서 어떤 내용을 중심으로 책을 소개할 것인지, 다른 구성원에게 어떻게 이해시키는 것이 좋을지 미리 생각한다. 그리고 그 고민을 담아 발제문을 만들고 모임에서 활용한다.

　우리는 발제문의 형식을 따로 정하지 않았다. 발제문을 준비하는 일이 부담스럽지 않기를 바랐고, 각자의 스타일에 맞는 발제문과 발제가 오히려 모임을 더 재미있게 만들 수 있다고 생각했기 때문이다. 하지만 어떤 식으로든 발제문은 준비해오는 게 암묵적인 룰이었던 것 같다. 단순히 책을 읽고 느꼈던 점을 이야기하는 방식으로 독서 모임을 진행하면, 어느 순간 모임의 방향을 잃을 가능성이 크다는 것을 다들 알고 있었던 것이다. 그리고 발제문이 만족스러웠을 때 발제자를 비롯한 모든 구성원이 '이번 모임은 알찼다'는 표정으로 모임을 마무리할 수 있었다.

　그렇다면 어떤 식으로 발제문을 준비하는 게 좋을까? 최고의 발제문을 작성하는 방법은 우리도 알지 못한다. 다만 우리가 수십 번의 모임을 가지면서 활용했던 발제문의 다양한 모습을 공유하고 싶다. 각자 어떤 생각으로 발제문을 작성하였는지, 좋았던 발제문이 어떤 것이었는지, 반대로 아쉬움이 남았던 발제문은 어떤 것이었는지 등을 실제로 작성한 발제문을 중심으로 소개할 것이다. 여러분의 스타일에 맞는 '좋은 발제문'이 어떤 형식인지 상상하면서 읽어보기를 권한다.

우리는 발제문을
이렇게 씁니다

정욱 모임 초반에 작성한 두 가지 형식을 소개해보겠다. 첫 번째 형식은 독서 모임 시즌 1에서 추천했던 최인호의 『유림』 1편을 발제할 때 사용했다. 먼저 책을 고른 이유를 말하고, 두 번째로는 작가의 약력을 소개한 후, 그다음부터는 책 내에서 인상적이었던 구절들을 몇 가지 주제로 분류하여 정리했다. 예를 들면 『유림』 1편은 조선 시대에 일어났던 기묘사화己卯士禍의 핵심 인물 중 한 명인 조광조의 생애를 역사 자료와 작가의 상상력을 바탕으로 그려낸 소설이다. 기묘사화는 조선 중종이 등용한 진보적 사림파들의 정계 진출이 좌절된 사건이다. 조광조를 비롯한 사림파는 적폐를 척결하고 깨끗한 유교정치를 실현하고자 노력했으나, 그 과정이 저돌적이고 급진적이었다.

그 결과 중종과 기성 훈구파들을 비롯해 적들을 많이 만들어 '화禍'를 당하게 된다. 작가는 사림파의 핵심 인물 중 한 명인 조광조와 관련된 일화를 소개하며 일관적으로 칭찬하는 태도를 보였다. 이 태도가 과하다고 생각한 나는 발제문에 '조광조에 대한 (작가의 일관된) 평가'라는 항목을 만들고, 그 아래에 조광조를 칭찬한 구절들을 많이 인

그림 7 **정욱이의 첫 번째 독서 모임 발제문**

《유림》1 - 하늘에 이르는 길(王道)

1. 책을 고른 이유

- 대학에 들어와 재미로 독서를 하게 된 첫 번째 책. 소설을 일부 판타지 소설과 같은 가벼운 심심풀이용 도서 정도로 생각했으나, 역사적 사실을 엮고 살을 붙인 《유림》을 인상 깊게 읽고 소설에 대한 인식이 바뀌었음.

- 동양 고전들을 인용하며 유학에 대한 관심과 흥미를 끌어낸 책. 수강했던 동양 철학 강의 - '한국 성리학의 이해'와 '동양 철학의 이해' -에서 배웠던 내용을 곱씹을 수 있었던 기회였음. 또한 기묘사화와 조선사에 대한 흥미도 생겼음.

2. 최인호(1945~2013) - 나무위키 펌

- 대중성 짙은 순수문학(7-80년대) : 《타인의 방》, 《물의 초상》, 《별들의 고향》, 《도시의 사냥꾼》, 《불새》, 《적도의 꽃》, 《고래사냥》 등

- 가톨릭에 귀의한 이후(1987-) : 장편 《잃어버린 왕국》, 《상도》, 《왕도의 비밀》, 《해신》 등의 역사소설과 종교소설 《길 없는 길》, 《유림》(총 6권, 2005년 작)

3. 논점 예시(얘깃거리)

- **조광조에 대한 평가**
  - p.21 : "현실정치를 무시한 어리석은 이상주의자", "요순의 이상 국가를 실현하려 하였던 개혁정치가"(=공자), "나라를 사랑하는 일편단심"
  - **p.302** : "이제야 알겠으니 조광조는 우리나라가 낳은 가장 위대한 정치가인 것이다. …(중략)… 다른 성리학자들이 공자의 사상을 다만 학문적으로만 연구하고 발전시켰음에도 불구하고 조광조는 공자의 사상을 현실정치에 접목시키려고 애를 썼던 구도자였다."

- **조광조와의 비교를 통한 현 정치 비판**
  - **p.29** : "오늘날에도 우리는 정치의 개혁과 사회의 정화를 체제의 전복과 제도 개선으로 이해하고 있다. 이는 절대로 불가한 것이다. 체제의 전복은 또 다른 반체제의 권력 독점을 의미하며, 제도의 개혁은 또다른 부패한 제도를 낳는다. 체제는 또 다른 체제를 낳으며, 제도는 또 다른 제도를 낳을 뿐이다. 진정한 개혁은 스스로의 개혁에 있는 것이다. (중략) 조광조의 정치철학은 바로 이러한 도덕주의에서 출발한 것이다."

* 가장 대표적인 발제문 형식 중 하나이다. 읽으면서 인상적이었던 구절을 발췌해서 적어주고, 이를 중심으로 이야기를 이끌어나갈 수 있도록 했다(실제로는 수십 개의 발췌문이 있었지만 여기서는 생략했다).

용해두었다. 본 모임에서는 이 인용문들과 관련된 일화들을 간단히 소개하고, 내 의견을 덧붙인 뒤 다른 구성원들의 생각을 물어보았다.

두 번째 형식은 과학철학 입문서인『과학, 철학을 만나다』를 소개할 때 사용한 것으로, 본문을 요약하고 질문을 더한 구조였다. 특정 전공에 대한 입문서이다 보니 주관적으로 해석할 수 있는 부분이 거의 없고 소설 읽듯이 쉽게 넘어갈 수 있는 내용도 아니었다. 그래서 나는 본문을 순서대로 요약하는 것을 선택했다. 요약문 뒤에는 이해가 잘 되지 않은 부분에 대한 질문과 모임을 준비하며 추가로 생긴 궁금증을 정리했다. 이렇게 내용 요약을 하면서 스스로 정리를 할

그림 8 정보 요약과 질문 위주의 발제문

『과학, 철학을 만나다』(1) - 과학지식의 본질을 찾아서

16.3.6. 신정욱

● **실재론과 반실재론**
- 실재론적 입장: 과학의 궁극적 목표는 진리를 추구하는 것.
  ■ 낙관적(현대과학은 이미 꽤 성공했다)/비관적(포퍼, 진리에 닿지 않더라도 추구하는 것이 옳다)
- 반실재론적 입장
  ■ 도구주의(이론은 사고의 도구), 실증주의(관측 결과로 풀어낼 수 없는 명제는 무의미), 구성적 경험주의(반프라센, 겸허함의 철학, 진리에 도달한다는 실현 불가능한 목표는 세우지를 말자)
- 여러 논쟁들
  ■ 비관적 귀납(by Larry Laudan): 성공적인 이론들의 대부분은 폐기된다.
    ◆ [실재론] 구조적 실재론: 수학적 구조는 변하지 않는 실재다. 구조에 대한 해석(이론)은 변할 수 있다.
    ◆ [반실재론] 증거에 의한 이론의 과소결정: 경험적 적합성을 가진 이론들이 많은 상황.
● **질문**
  A. 래리 라우단의 비관적 귀납에 대해 동의하는가? (통계학적으로, 현존하는 '성공적인' 이론들의 십중팔구는 폐기될 것이다.)
  B. 본인이 생각하기에 과학계에서 진보가 있었는가? 진보는 어떻게 이루어질까? (토대주의, 정합주의)
  C. 실재론, 반실재론?
  D. 과학이란 학문은 자연(지구)과 어떤 관계를 가지고 있다 생각하는가? 과학으로 자연을 설명할 수 있을까?

* 역시 가장 대표적인 발제문 형식 중 하나다. 중요한 요점과 단어를 나열하는 방식으로 본문의 내용을 정리하여 책을 다 읽지 못한 구성원들을 배려(?)하는 발제문이기도 하다.

수 있을 뿐만 아니라, 모임 구성원들이 책을 다 읽지 못했어도 기본적인 내용을 파악하는 데 도움이 되었다.

왕석 나는 발제문이 일종의 프롤로그＋대본＋PPT 역할을 한다고 생각한다. 그래서 너무 짧거나 길지 않으면서도 이 역할에 충실한 발제문을 준비하려고 노력했다. 먼저 내게는 '책을 선정한 이유'를 처음에 밝히는 것이 중요했다. 이번 회 차 모임이 끝나고 다음 모임의 주최자(발제자)가 선정한 책을 알려줄 때면 그 이유가 뭘까 궁금

그림 9 **책을 선정한 이유와 후기를 간략하게 먼저 서술하고 시작하는 발제문**

20180930 독서 모임_오왕석

뉴스의 시대-뉴스에 대해 우리가 알아야 할 모든 것, 알랭 드 보통 저

THE NEWS : A USER'S MANUAL

1-1. 이 책을 선정한 이유와 간략한 후기

- TV 뉴스나 신문 기사를 거의 매일 매일 접하면서 살아가고 있지만, 뉴스를 어떠한 관점에서 바라봐야 할지(혹은 어떤 관점이란 게 필요한 한 건지)에 대한 아주 얕은 고민이 있었다. 그러던 찰나에 이 책을 알게 되어, 혹시나 그러한 관점을 접할 수 있지 않을까 싶어 읽어보고자 했다.

- 책의 뒷표지의 이 글이 평소 뉴스를 향한 내 생각을 담고 있었다.

'뉴스의 시대를 사는 우리는 딜레마에 빠져 있다. 매일매일 쏟아져나오는 뉴스와 가까이하자니 그 물량 공세 앞에 자칫 헤매기 싫고, 떨어져 있자니 시대에 뒤처지지 않나 불안한 것이다. 뉴스와 일상적으로 만나면서도 거리를 두고 검토할 줄 아는 지성이 요청되는 까닭이 여기에 있는데, 바로 이 책의 지향점이다. (홍세화)

- 일상의 철학자라는 별명처럼, 이 책은 우리가 일상에서 쉽게 접하는 뉴스를 철학적인 자세로 바라보고, 언론과 대중이 어떻게 행동해야 할 지 이야기한다. 다만 뉴스를 철학적 지식으로 세세하게 분석하지는 않는다. 그러기에 너무나 당연한 이야기를 일부러 고상하게 혹은 문학적으로 적어놓은 것처럼 보이기도 했다. 하지만 평소에 내가 느끼던 바를 문장으로서 발견할 수 있는 기쁨을 느낀 책이었다. 또한 실험 장비를 구동하기 위한 매뉴얼과 장비 엔지니어를 위한 매뉴얼을 나눌 수 있다면, 이 책은 전자에 속하는 책이 아닐까 싶다.

* 너무 짧지도, 길지도 않게 이 책이 어떤 이유에서 매력적이었는지를 소개하려고 했다.

할 때가 많았다. 시즌 2처럼 특정 주제를 미리 정한 게 아닌 이상, 구체적인 이유는 실제로 모임을 하기 전까지는 자세히 알기 어려우니까. 각자의 관심 분야와 당시의 고민이 책을 선정할 때 반영이 되는 만큼 책의 내용보다 발제자에게 이 책이 어떤 의미를 가지는지 더 궁금하기도 했다.

발제자는 모임을 이끌어가는 사람이기도 하다. 따라서 타고난 달변가가 아니라면 어떻게 이야기를 풀어나갈지 계획을 가지고 있는 게 도움이 된다. 또한 발표를 할 때 PPT가 청중의 이해를 돕는 것처럼 발제문도 비슷한 역할을 할 수 있다. 책의 전개 방식을 따라가며 내용을 정리하는 게 가장 무난하지만(특히 소설처럼 시간의 순서에 따라 진행되는 경우), 가능하면 내용을 재배열해서 내가 모임을 진행하기 편하게 바꾸려고 했다. 예를 들어, **중요한 부분을 키워드 위주로 요약하고 그 키워드 사이의 관계를 그림으로 정리하는 방법**을 활용하는 것이다. 나는 이 방법으로 인류학자 김현경의 『사람, 장소, 환대』를 위한 발제문을 준비했다. 책의 핵심 단어는 말 그대로 '사람, 장소, 환대' 이 세 개가 전부였지만, 이 단어들이 어떻게 연결되는지 머릿속에 정리가 잘 되지 않았다. '인간'과 '사람'처럼 언뜻 보면 의미가 비슷해 보이는 용어가 짝을 이루며 연달아 등장했기 때문이다. 이렇게 해서는 안 되겠다 싶어, 내용을 하나하나 따라가면서 **그림 10**과 같이 파워포인트를 이용해 그림으로 그려보았다. 적어도 내게는 효과가 있었다. 전체 구조가 보일 뿐만 아니라, 발제를 할 때 이 그림을 이용해서 설명할 수 있다는 게 좋았다. 물론 내용을 재구성하고 요약을 하느라 많은 시간을 할애해야 한다는 단점은 있다. 하지만 발제문에

그림 10 **그림으로 재구성한 발제문의 예시**

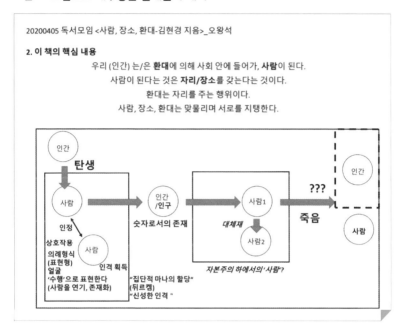

> 20200405 독서모임 <사람, 장소, 환대-김현경 지음>_오왕석
>
> **2. 이 책의 핵심 내용**
>
> 우리 (인간) 는/은 **환대**에 의해 사회 안에 들어가, **사람**이 된다.
>
> 사람이 된다는 것은 **자리/장소**를 갖는다는 것이다.
>
> 환대는 자리를 주는 행위이다.
>
> 사람, 장소, 환대는 맞물리며 서로를 지탱한다.

* 책 선정 이유와 책의 내용을 간략히 소개하고, 주최자가 이해한 바를 그림으로 표현해서 구성원들의 이해를 돕고자 했다.

서도 백문불여일견百聞不如一見이다.

민상 보통 발제문을 쓸 때는 먼저 내가 본 자료들을 정리하여 배열한 후에 내 생각을 요약해 중간 중간에 배치하는 방식으로 진행하였다. 여기서 '자료'라 함은 책을 한 번 정도 정독하면서 내가 궁금했던 내용을 인터넷으로 검색한 것이다. 가령『군주의 거울: 키루스의 교육』책으로 독서 모임을 할 때는 '키루스 왕'의 일화나 그를 존경했던 알렉산더 대왕의 일대기 등의 내용이 자료가 되었다. 준비 시간이 짧을 때는 자료를 그냥 카피해 배치하였고, 조금 여유가 있을 때는 자료를 각색하여 나름대로 흐름을 갖출 수 있도록 신경을 썼다. 실제 독서 모임을 진행할 때는 자료들에 초점을 맞춰 설명을 해주었다. 이후 그것에 대한 친구들의 의견을 듣고 토론하였다. 마지막에 요약하는 과정에서 중간에 작성해놓은 내 생각을 짧게 언급하며 모임 이후에 읽어볼 수 있도록 안내하였다.

내 발제문 중 가장 좋았던 건 김상근 교수의 『군주의 거울: 키루스의 교육』을 읽을 때 쓴 발제문이다. 내가 선정한 책 중에서 읽으면서 가장 많이 찾아보고 공부한 책이었고, 내가 찾은 자료들을 발제문에 많이 수록하였기 때문에 이 발제문이 기억이 많이 남는다. 특히 독서토론을 진행할 때 예상되는 이야기의 흐름을 바탕으로, 아래처럼 총 4부분으로 발제문을 구성하였다.

(1) 책을 선정한 이유
(2) 독서를 위한 배경지식
(3) 책 내용 발췌 및 질문
(4) 현 상황에의 적용

그림 11은 발제문 중 '(1) 책을 선정한 이유'를 작성한 부분이다. 당시 나는 여러 사회문제들에 대해 관심이 많았다. 또한 이런 사회문제를 만들거나 해결하는 주체는 '정부' 또는 정부를 이끌고 있는 '대통령'이라는 생각을 가지고 있었다. 따라서 '리더십'이라는 주제로 독서 모임에서 같이 책을 읽고 이야기를 나누고 싶었다. 이런 맥락

에서 영화 〈명량〉은 독서 모임 구성원들의 관심을 끌면서 나의 책선정 이유를 효과적으로 설명할 수 있는 좋은 소재라 생각했다. 이전 '영화'를 주제로 독서 모임을 하면서 구성원이 모두 영화를 좋아한다는 것을 알게 되었고, 해당 영화가 이순신이 판단, 용기, 생각 등 지도자의 중요한 덕목을 극적으로 잘 표현했기 때문이다. 영화 이야기를 소개하면서 지금의 대한민국의 지도자는 어떤지, 우리는 어떤 지도자가 되어야 하는지와 같은 나의 고민을 자연스럽게 전달하고자 했다. 발제문 맨 위의 〈명량〉 영화의 마지막 장면으로 '오늘 이야기를 시작할 것'이라는 문구는 이런 내용을 지시한 것이다.

동시에 이 책이 어떤 내용을 담고 있는지를 밝히며, '리더십'이라는 주제에 대해 독서 모임 구성원들이 깊은 관심을 가질 수 있도록 짧은 글을 썼다. 최대한 나의 열정(파토스pathos)을 잘 담는다는 생각으로 글을 썼다. 실제 독서 모임에서는 〈명량〉 영화 이야기를 마치고 내가 쓴 글을 함께 읽으며 내가 열정적으로 구성원들에게 이야기했던 것 같다. 이때 책을 이해하기 위한 배경지식도 같이 설명하였다. 당시 시대적 배경이 되는 '페르시아'와 그 인근의 나라들에 대한 설명이라든지, '키루스' 왕이 어떤 사람이었고, 왜 후대의 많은 왕들이 키루스 왕을 롤 모델로 삼아 국가를 통치했는지 설명하였다. 이 설명을 할 때 책의 내용을 발췌하여 발제문에 적어놓았고 발췌 내용을 소제목으로 삼아 설명을 전개하였다.

그림 11 민상이가 작성한 발제문의 도입부

아포리아 시대, 리더의 공부 : '역사'에 대하여

2016. 10. 09 독서모임

(* '명량' 영화의 마지막 장면으로 오늘 이야기를 시작할 것 *)

(오늘의 관점)

지도자가 되기 위한 방법은 없다. 모든 사람이 지도자가 되길 원하지도 않는다. 하지만 지도자가 될 수밖에 없는 이들에게 이야기하는 하나의 책이다. 사회를 만들어낸 인간은, 사회의 책임을 짊어져야 하는 사람 세워왔다. 허수아비.[1] 그리고 그 허수아비를 앞세워서 집단은 전진했던 것이다. 허수아비의 위치에서는 직분에서 지켜야만 하는 것들이 있다. 모든 사회에서 허수아비는 세워졌고, 그들이 행해야 할 행동방식은 수많은 시행착오를 통해 그 결과물들이 쌓여져 왔다. 오늘 우리가 볼 것은 그것이다. 허수아비들이 어떤 경험을 했는지, 어떤 시행착오를 겪었는지, 그리고 우리는 오늘날 어떻게 이를 수용하고 발전시켜 나가야 하는지. 여기서 강조하는 행동유형(방식)은 누구나 따라야 할 것은 아니다. 내 삶에 적용되지 못할 부분은 거부하자. 역할로서의 리더에서 강조되는 덕목들은, 누구나에게 적용되는 것은 아니다. 마치 물리학도들이 오토파지(autophagy) 현상[2]을 설명하는 강연에 와서 그 내용을 듣는 것처럼. 필요한 이들에게만 고한다.

우리가 이 책을 발판으로, 새롭게 관심을 갖고자 하는 책들은 다음과 같다.

크세노폰, 〈키로파에디아 : 키루스의 교육〉
헤로도토스, 〈역사〉
플루타르코스, 〈영웅전〉
투키디데스, 〈펠로폰네소스 전쟁사〉
마키아벨리, 〈군주론〉

수많은 필독서 목록에는 이러한 책들이 자리를 잡고 있다. 왜 우리는 이 책들을 읽어야 하는가? 사람들은 왜 이 책들을 젊은이들에게 읽으라고 권하는 것인가?

A) (...... 당신의 생각 ......)

A) 이 시대의 역사를 알아야 한다. 인류가 경험하였던 그 시행착오들을 반복하지 않기 위해서, 그리고 비극(또는 희극)의 결말을 반복하지 않기 위해서 (또는 다시 만들어내기 위해서). 특별히 많은 사람들의 삶에 영향을 미치는 결정들을 할 사람은 다시 비극적인 결정을 하지 않게 하기 위해서.[3]

이제 다시 이 책들을 읽어보자. 그들이 피를 쏟아 다음 세대들에게 들려주고 싶었던 것들을, 한 번 되짚어보자. 우리는 그들과 같은 삶을 살고 있는가? 다른 삶을 살고 있는가? 그들이 겪었던 아픔과 회한들이 여전히 우리들에게 있지는 않은지. 혹시 아주 작은 다른 결정을 통해 우리들의 문제를 바로잡을 수 있지는 않을지.

---

1) '리더'라는 용어에 대한 거부감을 없애기 위해서. 사회 속에서 한 사람이 맡아야 할 단순한 역할에 지나지 입는다는 점에서 이 단어를 택하였다.
2) 2016년도 노벨 생리의학상
3) '명량'의 마지막 장면 : 그들은 여전히 우리들에게 이야기 하고 있다.

* 기승전결을 갖춘 한 편의 글을 작성하여 발제자의 생각과 의도를 모임 구성원에게 충분히 전달하려고 했다.

책의 교훈을 바탕으로 우리의 현실을 생각해보는 것은 내가 독서의 과정 중 가장 중요하게 생각하는 부분이다. 독서 모임에서 발제할 때도 마찬가지로 친구들과 현실을 생각해보고 싶었다. 그림 12는 발제문 중 현실의 문제를 이야기해보기 위해 내가 찾은 자료를 정리한 부분이다. 『군주의 거울: 키루스의 교육』을 함께 볼 당시 미국 대선이 진행되고 있었다. 미국의 상황이 특이했다고 생각하는 부분은 현 대통령의 지지율이었다. 당시 미국 대통령이었던 오바마Barack Obama의 지지율을 보면, 대선후보였던 힐러리Hillary Clinton와 트럼프Donald Trump보다 훨씬 높았음을 볼 수 있다. 보통 우리나라의 대선 전 대통령 지지율과는 경향이 매우 달랐다. 이런 부분을 우리가 읽었던 책을 바탕으로 어떻게 생각할 수 있는지 친구들과 함께 이야기를 나누었다.

　　위와 같이 책 내용과 함께 관련된 여러 정보들을 같이 제시한 경우 좀 더 구체적인 사실을 기반으로 토론할 수 있었던 것은 사실이다. 키루스가 옛날 옛적 페르시아의 왕이었더라 정도로 내용을 알았을 때는 독서 모임에서의 주된 이야기는 '이런 사람이 있었구나' 정도로 그쳤을 것이다. 아마 정치가 주제의 일부였기 때문에 보수 혹은 진보적인 개인의 정치적 성향에 근거하여 신나게 반대편을 비판만 하다 끝났을 수도 있을 독서 모임이었을 것이다. 하지만 위와 같은 발제문을 기반으로 우리는 키루스가 살았던 삶과 이에 대한 교훈을 자세히 나누었고, 그것을 미국과 한국의 상황에 동시에 적용해보았다. 이 때문에 독서 모임을 진행할 때는 독서 모임 구성원들이 새롭고 신선하다는 느낌을 많이 받았다고 고백했고, 이 책을 마칠 무렵에는 새로운 시각을 가질 수 있어 좋았다고 이야기해주었던 기억이 난다.

그림 12 책을 바탕으로 현실의 문제에 대해 생각해보는 발제문

Ⅲ. 이 책의 교훈 : 내가 이 책을 보게 된 이유이자, 공감했던 단 한 가지 이유
※ 여기서 각자 이 책에서 느꼈던 것, 배웠던 것을 이야기해보는 시간

1. 문제의식 : 왜 우리는 우리의 리더를 신뢰하지 못하는가?

 미국의 대선과정을 보면서, 다시 한 번 우리 사회에 어떤 리더가 필요한지를 고민하게 되었다. 곧 우리에게 다가올 선택의 시간에 대한 준비이기도 하다. 미국인들이 그들의 미래를 대통령을 통해 그려보는 것처럼, 우리도 우리의 미래를 그려야 할 것인데 우리의 미래에 대한 간략한 스케치라도 잘 그리고 있는 사람들은 찾기 힘든 것 같다. 도대체 그들은 어떤 나라를 그리고 있을까? 우리의 자녀들에게 어떠한 나라를 선물해주고 싶을까?

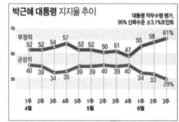

* 장예진, "〈그래픽〉 박근혜 대통령 지지율 추이", 연합뉴스, 2015년 6월 19일.
  https://www.yna.co.kr/view/GYH20150619001000044, 2021년 5월 16일 접속.
  장예진, "〈그래픽〉 오바마 대통령 지지율 변화", 연합뉴스, 2016년 8월 5일.
  https://www.yna.co.kr/view/GYH20160805001600044, 2021년 5월 16일 접속.
  "United States presidential approval rating", Wikipedia, https://en.wikipedia.org/wiki/United_
  States_presidential_approval_rating, 2021년 5월 16일 접속.
  김자경, "[갤럽] 역대 대통령 누가누가 잘했나", 폴리뉴스, 2012년 11월 14일.
  http://www.polinews.co.kr/news/article_print.html?no=161668, 2021년 5월 16일 접속.

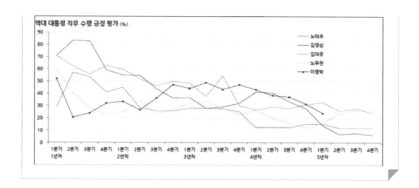

서로가 생각하는
인상적인 발제문

왕석 → 창묵　창묵이의 발제문은 마치 인문학 수업의 시험지 같은 느낌이다. A4 한 페이지에 5개 정도의 질문만 적혀 있고 나머지 공간은 텅 비어 있기 때문이다. 책의 내용을 요약하는 편인 나와는 반대인 셈이다. (그림 13의 창묵이 발제문을 참고하시라.)

　독서 모임에서 발제의 핵심 역할은 결국 '질문'을 이끌어내는 것이라고 생각한다. 내가 책을 읽으면서 궁금했던 부분을 다른 사람들은 생각하지 못했을 수도 있고, 나와는 아예 다른 생각을 했을 수도 있기 때문이다. 그런 면에서 창묵이의 발제문은 그 역할에 매우 충실했다. 발제문을 어떻게 준비해야 할지 난감한 사람이라면 이렇게 시작해보는 것도 좋다고 생각한다.

그림 13 **함께 이야기하고 싶은 질문 위주로 작성한 창묵이의 발제문**

20160521 독서모임 강창묵

〈젊은 베르테르의 슬픔〉 – 요한 볼프강 폰 괴테

사랑

1)
5 월 26 일 편지 후반부
정열, 감성, 아이, 베르테르 vs 교양, 이성, 계급, 알베르트
어느쪽이 더 인간적인가?

2)
6 월 16 일 편지 로테와의 첫만남
진실한 사랑은 무엇일까? 누군가에게 그렇게 빠질 수 있는가?

3)
로테의 곁을 떠나 현실에 적응했다면 로테를 잊을수도 있었다고 보는데 그렇다면
운명적이란 말은 자기기만에 해당하는 것이 아닐까?

4)
베르테르는 왜 마담보바리에서 로돌프처럼 남편의 눈(사회적 금지 제약)을 피해 사귈
생각을 못했나?

5)
로테와 알베르트의 관계 & 보바리부인과 샤를르의 관계

정욱 → 민상, 훈　　두 명의 발제문이 인상적이었다. 첫 번째는 민상이 형의 발제문이다. 읽고 압도당한 적이 많았다. 평소 독서와 글쓰기를 자주 해서 그런지 분량이 많고 내용도 풍부했다. 한 번의 모임을 위한 분량이 A4 열 장을 넘는 경우가 많았고, 그 긴 분량의 대부분이 줄글로 채워졌다. 내용도 다양한 도서와 인터넷 자료들을 조화롭게 사용하며 전개했다. 만약 블로그나 티스토리 같은 개인 게시판을 운영한다면 인지도 있는 아마추어 도서 리뷰어가 될 수 있을 것 같다고 생각했다.

두 번째는 훈이 형의 발제문이다. 개성이 넘쳤다고 표현하겠다. 문체와 문장 형식을 구분하는 방법이 다양했다. 글머리 기호를 쓴 경우도 있었지만, 글머리 없이 글씨 크기, 여백과 진하기 차이로 문장 형식을 구분하는 경우도 있었다. 본인만의 뚜렷한 글쓰기 체계가 처음에는 직관적이지 않아 읽기 어려웠지만 몇 번 보다 보니 신선하고 재미있었다. 훈이 형은 책 선정 기준도 자유로운 편이었다. 정확히는 책이 아니라 단편 영화를 자료로 고른 적이 있었다. 〈한 여름의 판타지아〉라는 영화로, 이전 모임에서 읽었던 『영화 예술학 입문』이라는 도서를 활용하기 위해서 선정했다. 평소 영화를 잘 즐겨보지 않는 나에게 단편 영화는 새롭고 재미있는 소재였다. 영화에 대한 발제문은 **그림 14**에 정리한 것처럼 영화의 스크린샷과 글이 섞인 PPT 형식이었는데, 이런 형식의 발제문(?)도 참 재미있어서 기억에 오래 남았다.

민상 → 훈　무엇보다도 훈이의 영화 발제문이 가장 인상 깊었다. 사실 나는 발제문이라 함은 글로 쓰는 것이라는 고정관념을 가지고 있었다. 발제'문文'이기에 자신의 글로 책을 소개하고 주제를 던지는 것이었고, 이제까지의 모든 독서 모임은 그렇게 진행된 것으로 알고 있다. 하지만 글이 아닌 이미지로 이루어진 발제문은 처음 경험했기에 인상이 가장 강하게 남았다. 훈이는 PPT로 영화의 장면을 각각 캡처하여 『영화 예술학 입문』책에서 기술한 영화 촬영 방법과 연결시켜 설명해주었다. 특히 영화를 이미 사전에 보고 온 상황에서 독서 모임을 했기 때문에, 발제문 PPT로 본 사진들은 영상을 그대로 기억하게 해주었다. 사진만 보아도 전후 상황이 쉽게 그려졌다. 한 장면 캡처 사진을 띄워놓고 주인공이 산길을 오르고 있는 장면을 보여주면, 두 남녀 주인공이 어떤 방식으로 이 산에 왔고 어디로 가고 있는지 기억났다. 카메라가 당시 산 아래(계곡)에서 위를 바라보며 찍고 있었고, 그 기법이 책의 이 내용과 연결된다는 설명이 아직도 생생하다.

그림 14 PPT 형식을 이용한 훈이의 발제문

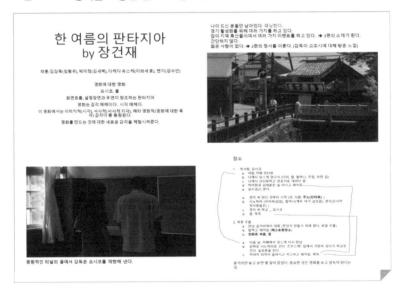

* 〈한 여름의 판타지아〉라는 영화의 장면들을 순차적으로 보여주면서 주제 책인 『영화 예술학 입문』의 내용을 적용하는 법을 알려주었다.

'좋은' 발제문을
쓰고 싶다면

　지금까지 우리가 독서 모임을 하면서 사용했던 발제문을 간략히 소개했다. 각자의 스타일에 따라 얼마든지 더 다양한 방식이 가능하다. 하지만 독서 모임을 하면서 모두가 '좋다'고 느낀 발제문이 있었다. 각자의 생각을 모아보았다.

1 발제자의 생각을 담으려 노력하자

왕석　발제문은 각자의 스타일에 따라 다르기 때문에 잘 쓴·못 쓴 발제문은 없다. 하지만 발제자의 생각이 담기지 않은 발제문은 모임을 진행할 때 크게 도움이 되지 않는다고 생각한다. 특히 책의 목차만 적어놓는 것은 지양하는 게 좋다.

2 주제를 명확히, 너무 많은 내용은 피한다

정욱　세 시즌 동안 진행한 독서 모임의 후반부에서 내가 작성한 발제문 중에 다수가 분량만 억지로 채우고 논제와 흐름이 뚜렷하지 않은 글이었다. 책을 고른 이유, 줄거리, 참고할 만한 내용과 사소한 질문들은 작성했지만 서로 연결되지 않았다. 그러다 보니 책에 대한 깊은 대화가 잘 이루어지지 않았다. 개인적으로는 발제문의 제일 앞에 이야기하고 싶은 주제를 명확하게 정리해주는 게 좋다고 생각한다. 여유가 된다면 모임 당일보다 며칠 혹은 하루 전에 질문 목록을 올려서 참여자들이 그 주제에 대해 깊이 생각해볼 시간을 주는 것도 좋은 방법이다.

특히 함께 이야기를 나누고 싶은 주제를 어느 정도 범위로 좁히는 게 좋다. 너무 많은 내용을 다루려 하다 보면 모임이 산으로 가거나, 모임 시간이 불필요하게 늘어날 수 있다. 거기에 주제가 모호하면 참여자들이 수박 겉핥기식으로 피상적인 대화만 짧게 하게 된다. 실제로 내가 소홀하게 준비했던 『강신주의 감정 수업』의 발제문에는 뚜렷한 질문이 없었다. 그러다 보니 평소 2시간 정도 걸렸던 모임이 1시간도 안 돼서 끝나는 무안한 상황이 벌어졌다.

반대로 『유림』의 발제문에는 내가 책을 읽으면서 떠오른 질문들을 모두 다 적었더니, '나만 궁금했던' 사소한 질문들이 영양가 없는 대화로 이어져서 시간도 날리고 분위기가 조금 지루했던 적도 있다. 앞에서 유림이 기묘사화의 주인공 중 한 명인 조광조의 일생을 다룬 소설이라고 이야기한 적이 있었다. 조광조에 대한 평가가 좀 과하게 긍정적이라고 생각했던 터라 그와 관련된 구절들을 모조리 인용했다. 핵심은 '작가의 조광조에 대한 평가'에 대한 논의인데, 너무 많은 구절과 그 의미를 질문하면서 모임 시간의 대부분을 곁가지 주제에 대해 이야기하는 것으로 보냈다. 그 외에도 '조광조와의 비교를 통한 현 정치 비판', '남곤에 대한 평가', '역사 공부에 대한 중요성' 등 재미있을 만한 주제를 몇 가지 정했는데, 시간이 부족해 간단히 훑고 지나갔다. 분량이 과하면 탈이 난다. '적당히' 준비해야 한다.

3 정성을 쏟자

민상 단어만 써와도 독서 모임에서 토론하는 데 문제가 없었기 때문에 발제문을 작성하지 못했다고 해서 모임을 진행하는 게 어렵지는 않았다. 다만 정성이 들어가지 않은 발제문, 즉 시간에 쫓겨서 쓴 발제문은 부족한 발제문이라 생각한다. 발제문은 누구보다도 작성하는 사람에게 가장 유익한 것이다. 감상을 정리하고, 쓰기 위해 책을 한 번 더 보고, 기록을 남기면서 책은 발제자에게 더 큰 의미로 다가온다. 정성이 들어가지 않으면 결국 그 과정이 없어진 셈이다. 나의 경우 두어 번 그런 적이 있던 것 같은데, 그런 발제문은 지금까지 남아 있지도 (저장되어 있지도) 않았다.

4

현재 그리고
미래의 독서 모임

 들어가며

독서 모임의 변화

이 장에서는 우리 모임이 변해온 과정과 앞으로의 모습을 다룬다. 앞서 우리의 모임이 어떻게 시작되었고, 어떤 방식들을 도입하면서 모임을 꾸준히 유지했는지 살펴보았다. 모임을 운영한 기간이 길어지면서 모임에는 큰 변화가 있었다. 좀 더 정확히 말하자면 모임의 진행 방식은 한 가지로 굳어졌고 참여하는 구성원이 많이 달라졌다. 왜 이런 변화가 생겼는지, 그리고 그 결과 도달한 현재의 모습은 어떤지 살펴보려고 한다. 여기에 조금 더 나아가 궁극적으로 우리가 이어 나갈 독서 모임은 어떤 형태가 좋을지 고민해보고, 앞으로 독서 모임을 새롭게 진행해보고 싶은 이들이 참고하면 좋을 점을 이야기할 것이다.

현재 그리고 미래의 독서 모임

- 강창묵

변화의 핵심은
사람

독서 모임을 처음에 꾸렸던 우리 다섯 명은 모임 진행 방식을 여러 가지로 시도했다. 최적화를 위해 여러 시도를 했다기보다는 흥미로운 방법이 떠오르면 바로 제안하고 직접 실행해봤다. 각각의 방식에는 저마다 장단점이 뚜렷해서 뭐가 더 좋다고 딱 잘라 말할 수 없었다. 하지만 모임이 반복되면서 모임 방식은 한 가지로 자리를 잡아갔다. 사다리 타기 등으로 발제자의 순서를 무작위로 정하고, 발제자가 책 선정과 진행을 담당하고, 그 뼈대 안에서 각자 책을 읽고 자유롭게 의견을 주고받는 식이었다. 이 방식이 자리 잡은 가장 큰 이유는 아무래도 가장 부담이 적었기 때문이었다. 여러 가지 다양한 방식을 모임 중간 중간에 시도했지만, 대학원 생활과 독서 모임을 병행하기에는 부담을 적게 주는 게 현실적으로 가장 적합한 방식임을 모두가 공감했기 때문이다.

　모임은 이 형태로 오랫동안 지속되었다. 하지만 우리가 본격적으로 박사과정을 시작하면서 모이는 빈도가 서서히 뜸해지기 시작했다. 할 일이 늘어나 여유가 없어진 게 가장 컸다. 모임에 온전히 집중할 수 없었고, 책을 제대로 읽지 않은 채 모임에 참석하기도 했다. 그러면서 우리의 마음 한 구석에는 회의감이 자리 잡았다. 모임은 여전히 좋지만 이런 상태로 진행하는 게 무슨 의미가 있는지, 그리고 이게 다른 구성원들에게 민폐는 아닐지 하는 생각을 떨칠 수 없었다. 그렇게 한두 명씩 더 이상 모임에 참여하기 어렵다는 이야기를 조심스레 전해왔다. 남은 사람들도 그 사정을 알기에 같이 더 해보자고 잡을 수 없었다. 하지만 끝까지 남은 내 입장에서는 아쉬웠다. 내가 특별히 더 성실했다거나 모임에 열정이 있었던 건 아니다. 어찌 보면 다들 이공계 대학원생으로서 처한 상황이 비슷했고, 모임의 형태도 이게 최선이라고 합의된 상태였다. 그렇기에 나는 스스로에게 더 관대할 수 있었다. 가령 선정된 책이 재미없어 잘 읽히지 않으면 읽을 시간을 정해놓고 딱 그 시간만큼만 읽고 가서 이야기를 나눴다. 그렇게 책을 덜 읽고 참석할 때는 호스트와 책을 다 읽은 사람들이 설명해주는 걸 직접 들으러 갈 요량이었다. 실제로 나와 어느 지점에서 생각이 다른지, 내가 몰랐던 책의 매력은 무엇인지를 깨닫고 나중에 따로 책을 다 읽기도 했다.

　독서 모임을 계속 유지하고 싶어도 사람이 없으면 그럴 수 없었다. 한두 명만 이탈해도 모임은 진행될 수 없을 거란 생각은 이전부터 하고 있었다. 단 두 명만 있어도 서로 생각을 나눌 수 있다지만, 우리 모임의 스타일이 자유롭게 다양한 의견을 말하는 것이라 그런지 모임에서 얻는 만족도가 체감될 정도로 줄어드는 게 느껴졌다. 사람이 필요했다. 하지만 그렇다고 여건이 안 되는 사람을 억지로 붙잡고 있을 수도 없었기에 결국 새로운 구성원을 찾자는 쪽으로 의견이 모아졌다.

책을 함께 읽고 싶다면
누구든 O.K.

새로운 구성원을 받아들이는 일에 대한 걱정과 기대가 공존했다. '서로 잘 맞지 않아 모임이 그대로 깨져버리는 건 아닐까, 혹은 우리가 모임을 하면서 느낀 많은 장점들도 단지 처음 시작한 사람들끼리 마음이 잘 맞아서 그런 건 아니었을까' 하는 걱정에서 '그렇지만 지금보다 더 다양한 사람들이 들어오면 더 재미있는 독서 모임이 되지 않을까' 하는 기대까지. 여러 의견이 오고 갔지만 한 가지는 분명했다. 새로운 구성원을 받지 않으면 어차피 앞으로 모임이 유지되지 않으리라는 것이다. 우선은 독서 모임에 관심을 보이는 지인을 찾아보자고 했다. 그리고 때마침 모임에 관심을 보인 두 명의 대학원생이 합류하면서 새로운 구성원과 함께 하는 독서 모임이 시작되었다.

처음에 걱정을 왜 했을까 싶을 정도로 모임은 순조롭게 진행됐다. 그저 발제를 가장 마지막에 하도록 해서 모임이 어떻게 진행되는지 살펴볼 수 있게 하는 것만으로 충분했다. 오히려 새로운 구성원들이 모임에 매우 잘 적응해서 '우리가 만든 독서 모임의 형태가 제법 괜찮구나' 하는 자신감을 얻을 수 있을 정도였다. 이후에는 새로운 구성원을 받아들이는 것에 좀 더 적극적으로 나섰고 많은 대학원생들이 합류했다. 심지어 연구실에 인턴 활동을 하러 온 학부생도 독서 모임에 관심을 보여 함께 모임을 가지기도 했다. 처음에 서로 잘 알던 학부 10, 11학번 다섯 명이 모여서 시작한 모임이 이제는 박사 졸업을 앞둔 물리학과 대학원생부터 연구실 인턴을 하는 학부생까지, GIST에 재학 중인 사람이라면 누구나 참여할 수 있는 모임으로 확장되었다.

변화와 확장, 새로운 독서 모임

새로운 멤버를 모집한 이후에도 졸업이나 개인사정으로 모임을 그만두는 사람이 생겼다. 그때마다 독서 모임에 관심을 가지는 새로운 사람이 합류하면서 모임은 지금까지 이어졌다. (지금이라고 했지만 모임은 2020년 코로나가 한창 심해진 이후로 열리지 못했다.) 구성원이 바뀌고 생각하는 게 다양하고 스타일도 다르지만, 독서 모임에 나가서 이야기를 하며 받는 느낌은 처음이나 지금이나 놀라울 만큼 비슷하다. 그만큼 독서 모임의 형태는 잘 잡힌 것이라 생각하며 실제 모임 자체는 문제없이 잘 돌아간다. 하지만 시간이 지나며 새로운 걱정이 생겼다. 구성원이 나가고 새로 들어오는 건 당연하지만 이런 과정이 반복되며 결국 같은 연구실 사람들로만 채워진 것이다. 주변의 지인에게 물어보는 한정된 모집 방식이 문제였다. 대학원 생활을 하다 보면 결국 마주치는 사람의 대부분은 같은 연구실 사람들이고, 새로 알게 되는 사람 또한 연구실 신입생이었다. 모임에서 나가는 사람은 계속 생기는 데 반해 들어오는 사람은 결국 연구실 지인이 끝이었다. 그러니 이런 모집 방식의 결과로 두 개의 연구실(창묵, 왕석) 사람들로만 독서 모임이 운영되는 것은 어쩌면 당연했다. 같은 학과나 연구실 소속의 구성원으로 모임을 하는 것 자체는 문제가 아니었다. 일정 조율이 쉽고 서로 편하게 이야기할 수 있는 장점도 있었다. 다만 갈수록 새로운 구성원을 찾기 어려워졌다. 그동안 이미 주변에 독서 모임에 관심이 있는지 물어볼 만큼 물어봤기에 지인 중에는 새롭게 합류시킬 만한 사람이 더 이상 없었다. 그리고 이런 상황이 지속된다면 앞으로 모임이 사라질 게 자명했다.

이제서야 드는 생각은 다섯 명을 구성원으로 한 모임이 안정된 형태를 갖췄을 때 새로운 구성원을 모집하는 데 훨씬 더 적극적으로 나서야 했다는 것이다. 모집 방법도 지인에게 알리는 정도를 넘어서 학교 전체를 대상으로 공개적으로 독서 모임에 관심을 가지는 재학생 누구나 가입할 수 있도록 열어두는 게 괜찮다고 생각한다. 당시에는 모임 인원이 혹시나 너무 많아지면 서로 의견을 나누기 어렵지 않을까 싶었다. 하지만 그냥 두세 개의 소규모 그룹을 만들어서 진행하면 되는 일이었다. 각 그룹별로 따로 모임을 진행하면서, 두 달에 한 번 정도 시즌이 끝날 때마다 함께 모여 이야기를 나누는 방식도 충분히 가능했을 것 같다.

물론 이것은 결과론적인 후회에 가깝다. 당시에는 우리 다섯 명밖에 없으니까 우리의 방식이 잘 맞고 편한 거라는 생각을 했다. 하지만 이걸 확장할 자신감이 없었기에 우리와 성향이 비슷하고 독서에 관심이 있는 지인 위주로 찾아다닌 것이다. 이 사실을 뒤늦게 깨달은 우리는 새로운 독서 모임 형태를 함께 고민했다. 공개적으로 홍보물을 만들어 교내에 붙이고 모임에 관심이 있는 사람들을 최대한다 영입해서 독서 모임을 조직하려고 했다. 하지만 이 모든 게 2020년 초에 시작된 코로나 사태로 인해 무산되어 보류 상태가 되었다.

우리는 잠시 멈춤.
독서 모임을 하고 싶은 그대에게

2022년 현재까지도 우리의 독서 모임은 잠시 멈춰있다. 이미 졸업을 했거나 박사학위 고년 차여서 더 이상 독서 모임에 신경 쓸 여유가 많지 않기 때문이다. '잠시'라고 표현하기는 했지만 이렇게 우리의 모임도 사실상 막을 내리게 되었다. 언제까지 모임을 하자고 처음부터 정한 것도 아니었으니 언젠가는 끝날지도 모르겠다는 생각을 어렴풋이 해왔던 것 같다. 우리 다섯 명의 뒤를 이어 누군가가 독서 모임을 이어가지 않는 이상 이 모임은 지속될 수 없다는 게 자명하니까.

이런 쓸쓸한 현실이 우리를 불편하게 했지만, 한편으로는 이렇게 끝나는 게 오히려 우리 모임답다고 느껴졌다. 가볍게 시작했던 처음 그 순간처럼 자연스럽게 끝낼 수 있는 모임이면서도 함께할 때만큼은 진지하게 임하는 모임이기를 바랐기 때문이다. 그리고 우리는 독자들도 이런 독서 모임을 경험했으면 좋겠다. 그 마음을 담아 독서 모임을 하고 싶은 이들에게 전하고 싶은 이야기로 이 글을 마무리한다.

1 일단 시작하자

이 책을 쓰게 된 계기였던 GIST 대학 후배는 독서 모임을 어떻게 시작하게 된 걸까?

이유는 단순했다. 우리 모임에서 정욱이가 그랬던 것처럼 꾸준히 책을 읽고 싶어서였다. 우리의 독서 모임도 그저 함께 책을 읽고 싶었던 한 명의 제안에서 시작되었다. 각자의 독서 경험과 취향은 모두 다 달랐지만 그때의 한마디로 모임이 만들어지고 수년간 독서 모임이 이어올 수 있었다.

물론 코로나 바이러스로 인해 대면 모임이 제한되는 오늘날의 상황은 우리가 모임을 처음 시작했을 때와는 다르다. 새로운 관계를 만들기 쉽지 않은 환경이고, 직접 마주 보고 이야기하는 것과 스크린을 통해 만나는 건 같을 수 없으니까. 하지만 우리와 후배의 경험 모두를 미루어 짐작해보았을 때 그저 주변 사람들에게 가볍게 이야기를 던져보는 것이 독서 모임의 시작일 수 있다. 책을 엄청 좋아하지는 않더라도 독서 모임을 한번쯤은 해보고 싶은 사람들이 생각보다 많다. 선뜻 먼저 나서서 모임을 만들지 않았을 뿐이다. 또한 예전에는 책과 거리가 멀었지만 어떤 계기가 생겨 마침 책을 읽어보자는 생각을 가지게 된 친구가 있을 수도 있다. 그때 마침 여러분이 모임을 함께 해보자고 먼저 제안한다면, 독서 모임은 자연스럽게 시작될 것이다.

2 독서 모임을 오래하는 비결?

우리의 모임이 결성되고 수년간 지속되었던 데는 여러 개의 톱니바퀴가 잘 맞물려 돌아갔기 때문이었을 것이다. 우리 모두가 학교 근처에 살아서 모이기 편했다는 지리적인 이점도 있었고, 서로가 알고 지내던 사이였기에 한두 번 빠져도 눈치가 보이고(?) 연락이 오는 관계적인 이점도 있었다. 그렇지만 우리가 강조하고 싶은 톱니바퀴는 바로 '구성원들의 성격과 역할'이었다. 민상이 형은 많은 독서량으로 쌓은 지식으로 토의 내용의 깊이를 올려주었고, 모임 운영에 늘 적극적으로 임하며 중추 역할을 해주었다. 왕석이 형과 나는 가능하면 꾸준하게 책을 읽어오려고 했고, '책을 읽어야 할 수 있는' 질문과 의견을 내놓으며 토의 내용을 풍부하게 하려고 했다. 다른 구성원들이 점차 바빠지면서 참여가 뜸해졌을 때도 형과 나는 최대한 성실하게 모임에 참여하고 운영하려고 했다.

훈이 형은 우리 모임에 신선함을 더해주었다. 자신의 영화, 철학 등에 대한 개성 있는 생각을 본인만의 방식으로 표현했다. 훈이 형이 작성한 발제문을 보면 이해가 될 것이다. 정욱이는 이른바 행동 대장이었다. 민상이 형이 독서 모임에 대한 생각을 이야기했을 때 일정을 잡아 다 같이 모이는 자리를 만들었다. 그밖에 괜찮은 아이디어가 생각났을 때 뒷일을 생각하지 않고 제안하고 모임에 적용하려고 했다. 이처럼 우리 모임에는 적극적이고 똑똑한 리더, 일을 추진하는 행동 대장, 성실하고 꼼꼼한 회원, 신선하고 개성 넘치는 회원이 있었다(우리가 스스로 이렇게 말하기는 부끄럽긴 하지만). 꼭 이런 다섯 명이 필요한 것은 아니지만, 앞서 열거한 구성원들의 특징이 모임을 운영하는 데 중요한 키워드가 될 것이라고 생각한다.

3 독서 모임도 타이밍이다. 마치 연애처럼

흔히 독서 모임을 운영하며 겪는 가장 큰 어려움은 구성원들이 항상 꾸준히 모임에 참여하지는 않는다는 점이다. 그래서 보통 소정의 참여비를 내게 해서 모임에 어느 정도 강제성을 두는 경우가 많다. 일반적인 독서 모임은 서로 모르는 사람들이 모이는 경우가 많기 때문에 중간에 모임을 그만두기도 쉽기 때문일 것이다. 우리는 서로 잘 아는 선후배 사이여서 참여비 없이도 자발적(?) 강제성이 생기긴 했지만, 앞서 이야기한 것처럼 우리도 점차 모임의 구성원들이 줄면서 참여도를 고민할 수밖에 없었다. 새로운 구성원을 모으기 위해 이런저런 노력을 했지만 우리도 결국 이 문제를 극복하지는 못했다.

참여도 문제를 해결할 방법을 명쾌하게 이야기해줄 수 있으면 얼마나 좋을까. 하지만 우리가 이야기할 수 있는 것은 그저 구성원 각자에게 맞는 타이밍에 독서 모임을 하게 되었을 때 모임을 계속할 수 있다는 것이다. 물론 독서 모임 자체의 짜임새는 충분히 갖추고 있을 때 말이다.

모임을 그만두는 이유를 생각해보면 사실 간단하다. 내 삶에 더 도움이 되는 일에 더 시간을 쏟기 위해 그리고 독서 모임이 더 이상 우선순위에 있지 않기 때문에 떠나는 것이다. 나도 내가 기대하던 독서 모임이 아니거나 현실적으로 모임에 주기적으로 참석하기 어려워서 다른 독서 모임을 그만두었던 적이 있다. 우리는 이 책을 준비하면서 독서 모임에 참여하지 못하게 되었던 정욱이와 민상이 형의 이야기를 들어보려고 했다. 이런 이야기를 하는 것이 불편할 수도 있지만, 그때 어떤 생각을 갖고 있었는지 왜 모임을 그만둘 수밖에 없었는지 둘 다 솔직하게 이야기해주었다.

정욱 주로 주말의 시간을 쪼개어 의무감과 함께 읽은 기억들이 많다. 그러다 보니 연차가 쌓이면서 늘어난 업무량 때문에 독서량을 줄이게 되었다. 모임을 그만두기 반년 전부터 책을 절반 혹은 1/3 정도만 읽고 모임에 참여하는 일이 많아졌다. 그리고 적은 독서량은 토의에 소극적으로 임하게 만들었다. 네다섯 명이 모여 토의를 하는데, 내가 입을 열지 않으면 토의 소재도 줄고 대화도 덜 이어지기 마련이다. 일회성이면 몰라도 열 번 중에 여덟 번 혹은 아홉 번을 이렇게 참여하다 보니 거의 없는 사람이나 마찬가지 같았고, 규모가 작아 한 사람 한 사람이 중요한 우리 독서 모임 구성원에게 미안함이 많이 들었다. 나 자신이 유령 회원처럼 자리만 차지하며 있으니 확실하게 공백을 만들어 다른 사람으로 채우는 게 낫겠다는 생각에 모임을 그만두게 되었다. 독서가 취미가 아니었고, 취미로 가지지 못한 것이 모임을 포기하게 된 원인이라고 말할 수 있다.

민상 박사과정 2년 차에 학교를 그만두려고 생각한 때가 있었다. 실험과학을 하는 것이 내게 맞지 않다고 느껴졌고, 지금 하고 있는 일들을 평생 해야만 한다는 부담이 있었다. 실험을 하면서 실수도 잦았고 결과도 원하는 대로 잘 얻지 못할 때가 많아지면서 그런 생각은 더 심해졌다. 박사과정을 그만두고 내가 할 수 있는 것들을 찾아보는 것에 많은 시간을 썼던 것 같다. 취업도 알아보고, 계산이나 이론으로 전과하여 유학을 가 다시 대학원을 진학하는 것도 알아보았다. 개인적인 고민이 커지니 자연스럽게 독서 모임에 대한 관심도 떨어졌다. 처음에는 책이 잘 안 읽혔다. 초창기에는 책이 선정되면 비슷한 주제의 다른 책들도 찾아보았지만, 이때는 선정된 책 한 권도 제대로 읽고 가는 것이 힘들었다. 책에서 다루는 주제가 와 닿지 않았다. 진로 문제가 인생에 있어 매우 중요한 문제인데, 경제나 문학 이야기를 하면서 시간을 보내는 것이 사치라는 생각이 들었다. 그러다 보니 모임도 띄엄띄엄 나가게 되고, 결국 구성원들에게 이번 시즌은 쉬겠다고 이야기를 했다.

역설적으로 고민 때문에 독서 모임을 그만두게 되었지만 고민이 해결된 뒤에는 그 때문에 독서 모임에 출석하지 못했다. 물리학 박사로서 다양한 일을 하는 사람들과 이야기를 나누면서 박사과정 동안 내가 무엇을 배우려 하느냐에 따라 그 이후 충분히 다른 분야로 점프가 가능하다는 인식을 얻었다. 다만 이를 위해 많은 준비가 필요하다는 생각도 들었다. 그래서 자연스럽게 독서 모임을 계속 하는 것보다 물리 공부와 이후의 내 진로를 위해 준비하는 시간으로 학위 과정을 보내다 보니 쉽게 다시 독서 모임에 참여하지 못했다.

우리가 이공계 대학원생인 만큼, 박사과정을 하면서 점차 늘어나는 실험과 연구 과제 업무에 치여서, 박사과정 이후의 진로를 고민하고 준비하다 보니 책에는 관심을 가지기 어려운 게 가장 큰 이유였다. 모임에 남아 있었던 사람의 입장에서 섭섭한 감정이 없다고 말하기는 어렵겠지만, 같은 대학원생으로서 둘의 상황을 충분히 이해할 수 있기에 오히려 격려해주고 싶은 마음이었다. 적어도 독서 모임을 할 때는 다들 열심히 참여하려고 했고, 모두 만족스러운 시간을 보냈으면 그걸로 된 게 아닐까 하는 생각도 들었다. 독서 모임이 필요한 인생의 적절한 '타이밍'에 만났다가, 언젠가 또 좋은 타이밍이 오면 만나게 될지 누가 알겠는가.

5

독서 모임이 남긴 흔적들 다시 쓰기

 들어가며

한 편의 글로 다시 태어난 발제문

수년간 독서 모임을 하면서 함께 읽은 책들은 우리들에게 알게 모르게 흔적을 남겼다. 혼자였다면 평생 찾지 못했을지도 모르는 인생 책을 만났다. 독서 모임이라고 하면 기쁜 마음으로 떠올릴 추억들도 우리가 읽은 책의 수만큼 쌓여왔다. 그리고 함께 했던 그 시간 동안 우리도 여러모로 성장했다. 더 많은 경험과 지식을 접하면서 이전에는 생각할 수 없었던 질문을 던질 수 있었다. 내 생각과 경험만을 앞세우기보다는 잠시 멈춰 서서 다른 이들의 이야기에 귀 기울이는 일의 중요함을 깨달았다.

그래서 우리는 각자 가장 인상 깊었던 책을 발제할 때 작성했던 발제문을 다시 한번 돌아보고, 각자의 생각들을 새롭게 한 편의 글로 남겨보고자 했다. 발제문은 독서 모임을 위한 것이지만, 결국 책을 매개로 하는 나 자신과의 대화이기 때문이다.

소요유(逍遙遊)와 양생주(養生主) 그 사이, 독서의 소중함
- 신정욱

들어가며

　'그 어떤 곳에도 속박되지 않고 자유롭게 노닒' - 장자莊子 사상의 핵심 단어 중 하나인 '소요유逍遙遊'의 의미다. 파릇파릇한(?) 대학원생 첫 학기에 장자 강의를 청강하다 처음으로 듣게 된 단어였다. 모자란 필수 학점 채우기, 졸업 논문 쓰기, 입학 면접 준비라는 세 마리 토끼를 쫓던 마지막 1년의 학부 생활을 겪다가 대학원생이 되었던 내게, 이 문구는 굉장히 매력적이었다. 졸업 직전의 1년 동안 제자리에 앉아 공부하거나 문서 작업을 하는 시간이 늘어나면서, 해야 할 일이 있어도 유튜브를 보며 흘려보내는 시간이 많아지고, 나가기가 귀찮아 하루 세끼를 전부 배달 음식으로 해결하는 날이 늘어났다. 유튜브나 배달 음식 둘 다 적절히 사용하면 유용한 도구들이지만, 편리한 만큼 중독되기도 매우 쉽고, 중독되면 악순환을 반복하게 되는 무서운 도구들이었다. 이런 위험을 실감하자 대학원에 가면 운동 동아리, 독서 모임과 같은 활동을 하며 건강한 생활을 하겠다는 다짐을 했다. 소요유의 "어떤 곳에도 속박되지 않는다"라는 말은 이 다짐의 근간이었다.

장자는 소요유의 경지에 이른 사람을 '지인至人'과 '신인神人' 혹은 '성인聖人'이라 일컬었다. 장자의 사상을 배우면서, '성인聖人'은 못 되어도 세속적인 가치와 그렇지 않은 가치를 구분하고 경계할 줄 아는 훌륭한 '성인成人'이 되고자 했다. 2015년의 신정욱이 했던 다짐이다. 그리고 여기, 2021년의 신정욱이 있다. 지난 토요일의 신정욱은 늦잠을 자고 일어나 프라이드 반 양념 반 치킨을 시켜 먹었고, 게임을 하다가 낮잠을 잤고, 연구실에 가서 프로그래밍 창을 한쪽에 띄워놓은 채 유튜브를 보다가 돌아왔다. 코로나를 핑계 대고 싶지만, 아무튼 이 모든 내용은 실화다. 지금의 나는 머리로는 세속적인 것들을 경계해야 하는 것을 알고 있지만, 막상 몸은 배달 음식과 영상 매체에 솔직한(?) 상태다. 이런 내 모습을 반성하고자 한다. 이 글은 『장자莊子』와 독서 모임에서 읽은 책들이 2015년의 나와 독서 모임을 할 당시의 나에게 어떤 영향을 주었는지, 그때의 초심이 2021년에는 어떻게 되었는지를 돌아보는 글이다. 먼저 6년 전 『장자』를 읽으며 가지게 된 나의 가치관을 소개한다.

'세속과 거리 두기',
『장자』를 읽으며 얻은 인생관

1 『장자』의 첫 장은 나를 매료시키기에 충분했다

장자의 첫 장인 「소요유逍遙遊」는 초월적인 존재 '붕鵬'이라는 새의 대단함을 소개한다. 처음에는 조그만 알에서 깨어난 물고기였지만, 결국 몸의 길이가 몇 천 리에 달하고 9만 리 높이에서 바람을 안고 날아가는 자유로운 존재가 되었다. 물론 장자가 초월적인 존재가 되는 방법을 직설적으로 알려주지는 않는다. 그 대신 붕과 같이 자유롭게 노니는逍遙(소요) 존재들과 그렇지 않은 존재들을 대조하는 이야기들을 통해 변화와 초월의 가능성을 언급한다. 그렇게 나는 첫 강의 시간, 책의 첫 장부터 장자에 매료되기 시작했다.

2 장자 강의의 결실: '세속과 거리 두기'

강의를 들으며 배움과 반성을 반복하던 어느 날, 교수님은 중간고사 대체 과제들을 주셨다. 그중 하나는 구두 발표로, 각자 제일 좋아하는 장을 고르고 그 내용을 본인만의 방식으로 소화하여 알려주는 방식이었다. 이 발표는 나의 인생관을 돌이켜볼 수 있는 좋은 기회가 되었다. 그 당시 나는 3장까지 읽었는데, 2장 「제물론齊物論」과 3장 「양생주養生主」도 좋았지만 가장 강한 인상을 줬던 1장 「소요유」를 골랐다. 발표의 주제는 '세속과 거리 두기'를 의식하며 살자는 것이었다. '세속世俗', '세속적이다', '세속에 물든다'는 표현은 보통 '물욕이 많다', '물욕에 빠진다'는 의미로 사용되는 경우가 많다. 사전적 의미는 세상의 일반적인 풍속으로, 자본주의 사회에서는 공정한 경쟁하에 자본을 축적하는 것이 일반적인 풍속이라고 볼 수 있으니 물욕에 빠지는 것과 비슷하다고 생각할 수 있겠다. 따라서 '세속과 거리 두기'는 단순히 '돈이 다가 아니야!'가 아니다. 더 나아가 신자유주의 자본주의하에서 내 자유로운 사유나 행동을 억제하거나 억압하는 '세속적인 것'들이 무엇인지 돌아보고 경계하자는 뜻이었다.

3 세속의 예로 고른 티티테인먼트

이 세속의 사례 중 하나가 '티티테인먼트Tittytainment'였다. 적당한 먹거리를 상징하는 엄마의 젖Tits과 기막힌 오락물을 상징하는 엔터테인먼트Entertainment가 합쳐진 단어이다. 현대 사회에서 세속적인 것들을 대변하는 그럴듯한 표현이 없을까 고민하다가 도서관에서 찾은 것이었다. 당시에는 몰랐지만 사실 이 단어는 1990년대에 나온 역사가 오래된 단어였다. 1990년대에도 이미 세계화로 인해 빈부격차가 심해지고 있었다. 부를 차지하고 있던 세계 각국의 저명한 경영자들은 이 빈부격차하에서 고도성장을 지속하려는 방법으로 '20대 80 사회'와 '티티테인먼트'를 제시했다. 세계경제를 유지하는 데는 경쟁에서 승리한 20%의 노동 인구만 있어도 되니, 이 부유한 20%의 사람들이 가난한 80%의 사람들을 티티테인먼트를 통해 먹여 살리자는 것이다.

4 무시무시한 엔터테인먼트의 중독성

지금은 1대 99의 사회라는 단어가 나올 만큼 빈부격차가 더 심해졌다. 세상 사람들이 바보는 아니라지만, 불평등이 커지는 사회에서 점점 접근성이 높아지는 다이닝 서비스, 엔터테인먼트, 쇼핑 서비스를 보면 오싹해지지 않을 수 없다. 이미 배달의 민족, 요기요, 쿠팡이츠, 예능 프로그램, 애니메이션, 상업 영화, 드라마, 인터넷 방송, 유튜브 영상들 그리고 홈쇼핑, 11번가, G마켓, 옥션, 쿠팡 등 먹고 즐기기 위한 수단들이 우리들 생활에 매우 밀접해 있다. 적당히 쓰면 편리한 수단임을 누가 모를까? 문제는 이들을 사용할 때 절제하기가 매우 어렵고, 중독되는 순간 우리의 사고가 마비된다는 것이다. 그 당시에 나도 전혀 안 했던 게임을 친구들과 놀면서 점점 오래하게 되고, 가끔 보던 '아프리카'라고 부르는 인터넷 방송을 거의 매일 보게 되었다. 이런 내 생활과 주변 친구들의 생활을 돌아보니, 나의 '세속과 거리 두기' 주장이 대중에게 충분히 설득력이 있고, 나 자신에게도 꼭 필요한 인식이라고 생각했다.

5 나의 인생관이 된 '세속과 거리 두기'

이렇게 '세속과 거리 두기'는 나의 인생관 중 하나가 되었다. 지금까지도 내가 이 의식하에 가진 태도 중 하나는 스마트폰을 사용하는 시간을 줄여야 한다는 것이다. 첨단 기술의 집합체이자 거의 모든 것을 할 수 있는 도구인 스마트폰이 경계 대상 1호라고 생각했기 때문이다. 그래서 예전에 비하면 사용량이 늘었지만 필요 이상으로 쓰지 않기 위해 기본 데이터 제공량이 적은 요금제에 가입하고, 플래그쉽 스마트폰 대신 기본 기능을 사용하기에 부족함이 없는 중급 혹은 보급형 스마트폰을 의식적으로 사용하고 있다. 또한 세속을 의식하고 거리 두기를 행동으로 옮기는 데는 지속적인 배움과 자기반성이 필요하다고 생각했다. 그래서 연구 외의 다른 배움을 찾았고, 아마도 이 생각이 독서 모임으로 이어진 듯하다. 새내기 신정욱은 이렇게 연구 활동과 인문학 공부라는 두 마리 토끼를 쫓고자 했다.

험난한 생활 속
빛이 되어 준 시골빵집 이야기

1 재미있는 독서 모임, 여유로운 대학원 생활

내 지도 교수님은 첫 학기에 대학원 생활에 적응하고 연구 내용을 배우라는 취지에서 연구와 관련된 업무를 주지 않으셨다. 매 주마다 강의 세 개, 과제 조금, 논문 한 편 읽기와 그룹 논문 스터디. 실험실 업무는 따로 없었지만 연구 분야에 대해 알아서 공부를 했어야 했는데, 나는 이 시간을 온전히 다른 강의를 듣거나 독서 모임과 같은 취미 활동으로 돌려 썼다. 피아노 수업(대학원 강의), 학부의 장자 강의 및 과제, 독서 모임 활동, 연애 시작 등 많은 것들을 하며 첫 학기를 보냈다. 기회비용을 따지자면 연구 외적으로 인문학 지식부터 소중한 경험들까지 많은 것을 얻었기 때문에 손해는 아니었다고 생각한다. 그 뒤 첫 번째 방학을 맞이하여 연구 주제를 정하고 공부를 시작했다. 교수님의 기대치에 비해 기본 지식이 부족했는지 연구의 진도가 매우 느렸다. 속도를 올리기 위해서는 공부에 점차 많은 시간을 쏟아야만 했다. 하지만 첫 학기에 벌여 놓은 일들은 관성이 붙어 점차 연구에 방해가 되기 시작했다.

2 독서 모임과 연구, 충돌 시작

점점 연구와 독서를 비롯한 취미 활동들이 충돌하기 시작했다. 당시 독서 모임은 한 가지 주제에 관한 책을 여러 권 읽고 발제하는, 즉 준비가 많이 필요한 '두 번째 시즌'에 들어가 있었다. 첫 책으로 민상이 형이 골랐던 『자본주의 역사와 중국의 21세기』를 읽던 때가 기억난다. 1,000쪽에 달하는 이 두꺼운 책에는 자본주의와 관련된 매우 상세한 역사가 적혀 있었다. 우리 독서 모임의 취지는 각자의 연구 활동에 부담을 주지 않는 선에서 독서를 한다는 것이었지만, 첫 책이기에 안 읽어갈 수도 없었다. 게다가 읽고는 있는데 이해가 가지 않으니, 상황이 그야말로 총체적 난국이었다. 이 책을 필두로 다양한 책들을 읽으면서 독서 시간과 연구 시간은 치열한 경쟁을 벌였다. 결정적으로 힘들었던 시기는 역시 내가 발제를 준비할 때였다. 주제도 무려 과학철학! 앞 단어 '과학'을 아니까 쉽겠다는 생각이 들 수 있지만, 그 뒤에 '철학'이란 단어가 붙으니 굉장히 어려웠다. 그래서 주말은 온전히 과학철학 입문서를 공부하고 요약하는 데 시간을 들일 수밖에 없었다. 그리고 독서 모임 하루 전에는 발제를 준비하느라 계속 신경이 곤두서 있었다. 이 시기는 과학철학을 맛볼 수 있는 좋은 기회였지만 체력적 한계를 느꼈던 시기이기도 했다. 두 번째 시즌이 끝나갈 때쯤 나는 녹초가 되어 있었고, 독서 모임을 그만둘지 말지 고민하기 시작했다.

3 모임 탈퇴? 저 지금 진지합니다

만장일치의 타결이 이루어졌다. 두 번째 시즌을 겪은 모두가 차기 시즌에서는 어렵지 않은 내용의 책 한 권을 한 명씩 돌아가면서 발제하기로 결정했다. 그 결과에 안심해서인지 독서 모임에 대한 고민 대신 연구와 독서가 균형을 이룬 삶을 꿈꾸게 되었다. 하지만 이 역시 생각보다 쉽지 않았다. 연구 주제는 한 가지 더 늘어 두 가지를 병행하게 되었다. 또한 모임에서 읽는 책은 학술적 전문성은 필요 없지만, 토의에 참여하기 위해 '생각'하면서 읽기 위해서는 충분한 시간이 필요했다. 우리 연구실은 레이저라는 고성능 광원을 이용하여 실험하는데, 약 여덟 명이 한 개의 광원을 공유하기 때문에 모두가 만족할 정도로 사용하려면 결국 24시간을 이등분 혹은 삼등분해서 사용해야 했다. 안 그래도 적은 레이저 사용 시간을 3 : 1이건 4 : 1이건 두 주제로 나누어서 써야 했고, 결국 다른 사람들이 상대적으로 쓰지 않는 밤과 새벽을 이용했다. 그때쯤 체력적으로 무리가 오고 번아웃 증후군을 겪기 시작했던 것 같다. 동시에 책은 반도 읽지 않는 경우가 많아졌고, 모임에서는 침묵하는 시간이 부쩍 늘어났다.

4 시골빵집, 자본론?

그만둘지 말지 고민을 반복하던 중에 내가 고른 책을 소개할 차례가 다가왔다. 일단 책 구경이나 해보자는 마음에 학교 앞 문고를 들러 표지를 훑어봤다. 그때 눈에 들어온 책이 있었다. 『시골빵집에서 자본론을 굽다』. '시골빵집'과 '자본론'이라고? 전혀 어울리지 않아 보이는 두 단어의 조합에 호기심이 생겨 목차를 보게 되었다. '마르크스와 노동력 이야기'와 같이 자본론을 설명하는 항목이 있는가 하면 '균의 목소리를 들어라' 혹은 '참다운 시골살이는 순환'과 같이 자연과 친숙한 항목이 있었다. '세속과 거리 두기'를 고안하던 당시 나는 반쯤 농담으로 내가 바라는 삶은 시골 치킨집 사장이 아닐까 생각하고는 했다. 매체와 자본의 압박에서 벗어나려면 근교 혹은 시골로 가야 한다는 생각, 그리고 이공계 대학원생의 미래는 치킨집 사장이라는 유머가 섞인 생각이 합쳐진 결과물이었다. 목차와 머리말까지 읽고 가슴이 뭉클했던 나는, 적어도 돌아오는 발제 차례까지는 이 책을 읽으며 모임을 나가야겠다고 결심했다.

5 빵으로 자본론을 설명하는 책

마르크스의 『자본론』을 읽은 적이 없기에 혹시나 어려운 용어나 문장이 나오지 않을까 걱정했다. 하지만 저자 와타나베 이타루渡邊格는 자본주의 사회에서 돈이 순환하는 구조를 본인이 배운 빵 제작 과정에 빗대어 쉽게 설명했다. 그는 밀가루를 발효(부패)시키는 데 필요한 효모를 돈에 비유했다. 대다수의 빵집에서 사용하는 인공 효모가 빵을 억지로 썩지 않게 만들 듯이, 현대 사회에서도 투자를 통해 얻는 이윤과 대금업을 통해 발생하는 이자처럼 끝없이 불어나는 돈이 있다. 이런 '부패하지 않는 돈'이 자본주의의 모순을 낳았다고 지적한다. 적절한 비교로 자본주의 사회의 병폐를 꼬집으면서도 시골빵집을 운영하는 포근한 이야기를 함께 전개하여 쉽게 몰입하여 읽을 수 있는 책이었다.

6 시골빵집 아저씨가 가져다 준 불씨

더욱 재미있는 내용은 저자의 빵 제작에 대한 철학이다. 와타나베의 첫 빵집은 지바현千葉県의 이스미시いすみ市라는, 도쿄에서부터 1시간 거리에 있는 바닷가 도시에 있었다. 하지만 도시의 매연과 오물에 영향 받지 않은 더 좋은 자연 효모를 찾아 인구가 8천 명밖에 되지 않는 '가쓰야마勝山'라는 마을로 가게를 옮겼다. 그는 말 그대로 '균의 목소리', '자연의 소리'를 들으면서 이상적인 천연 효모 빵을 만들려 노력한 것이다. 한편 저자가 언급한 '균의 목소리'는 장자의 가르침을 생각나게 했다. 『장자』의 2장 「제물론」의 첫 우화에는 '하늘이 내는 소리天籟, 땅에서 나는 소리地籟, 사람이 내는 소리人籟'가 나온다. 나는 이 '땅에서 나는 소리'와 균의 목소리가 비슷하다고 생각한다. 특히 와타나베가 균을 대하는 자세는 『장자』의 1장 「소요유」에 나오는 '자연이 내뿜는 바람을 타고 소요하는 열자列子(중국 전국 시대의 도가 사상가. 정나라의 은자隱者이다)'를 떠올리게 했다. 자본으로부터 독립해 자연의 목소리를 들으며 여유롭게 빵을 만드는 빵집 사장님. 너무나 아름다웠다. 이 책 덕분에 내 가슴 한편에 있던 인문학에 대한 사랑의 불씨가 다시 타올랐다. 힘들더라도 독서를 어떻게든 놓지 말자고 다짐했다.

1 독서를 멈춘 지난 3년

2020년 봄, 3년간의 전문연구요원 복무가 끝나기까지 얼마 남지 않은 시점이었다. 오랜만에 민상이 형으로부터 연락을 받았다. 우리가 했던 독서 모임에 대한 책을 쓰지 않겠냐는 제안이었다. 독서 모임을 그만둔 지난 3년 동안 내가 읽은 책은 열 권이 채 되지 않았다. 그마저도 훈련소에서 심심해서 읽은 책이 대다수였다. 그럼 연구 생활은? 주제를 한 번 바꾸었고, 한 개는 손을 뗐고, 마지막 남은 주제를 겨우 진행하고 있었다. 결과물은 나오지 않았고, 초조함에 일을 그르치거나 반대로 느긋하게 일을 질질 끌기도 했다. 기약 없이 반복하는 실험과 프로그래밍, 지루한 일상 속에서 무기력하게 하루하루를 보내고 있었다. 머리로는 '삶에 변화를 주어야 한다', '책을 읽어야 한다'고 알고 있지만, 몸은 술과 야식으로 늘어지고 있었다. 전화를 받았을 때 지푸라기라도 잡는 심정으로 해보겠다고 이야기했다. 민상이 형이 어떻게 설득한 건지, 그간 바쁘게 살았던 다섯 명 모두 교내 카페에 모였다. 창묵이 형과 왕석이 형은 새로운 회원을 받아 독서 모임을 계속 유지하고 있었고, 민상이 형과 훈이 형은 취미로 책을 읽고 영화를 보고 있었다. 이 자리에서 민상이 형은 우리가 했던 독서 모임 활동을 후배들에게 소개하는 책을 써보자는 제안을 했다. 독서 모임으로 주말 시간을 짜냈던 나날들이 떠오르며 부담감을 느꼈지만, 게임하고 술만 마셨던 지난 몇 달은 더 싫었기에 다소 조심스럽게 참여를 희망했다. 다들 어떤 생각이었을까? 거짓말처럼 모두가 제안을 받아들이면서 이 프로젝트가 시작되었다.

2 다시 만난 장자, 양생주

회의 중에 이전에 독서 모임에서 읽었던 책들과 발제문들을 엮어서 하나의 글로 만들자는 아이디어가 있었다. 돌아와 맞이한 주말, 컴퓨터와 게이밍 키보드 앞을 벗어나 연구소 빈방에서 『장자』와 『시골빵집에서 자본론을 굽다』를 조금 읽어보았다. 몇 년 전 배움에 대한 욕구가 넘쳤던 내가 떠올랐다. '내가 왜 이걸 진작 읽지 않았을까' 하는 후회가 몰려왔다. 동시에 같은 책이지만 5년 전의 나와는 다른 시선에서 책을 읽고 있는 것이 당황스러웠다. 내가 이번에 『장자』를 다시 읽으면서 주목한 장은 3장 「양생주養生主」였다.

> "우리의 삶에는 끝이 있으되 앎에는 끝이 없다. 끝이 있는 것으로 끝이 없는 것을 뒤쫓자니 심신이 너무 지쳐간다. (중략) 이에 자연의 도리에 따르는 것을 벼리로 삼으면 몸을 온전히 지킬 수 있을 것이요, 주어진 생명을 온전히 할 수 있을 것이며, 자신의 몸을 잘 양생할 수 있을 것이며, 천수를 다할 수 있을 것이다." - 『장자』[*]

유한한 생명으로 무한한 앎을 추구하는 것은 불가능하며 욕심이

---

[*] 장주 찬, 『장자』, 임동석 역주, 2009, p.80.

다. 대신 장자는 자연의 순리에 따라 자연스럽고 사발적으로 살아갈 때, 일상생활을 건강하고 풍성하게 살아갈 수 있다고 말한다. 5년 전 하얀 도화지에 어떤 그림을 그릴지 고민했던 나에게는 속세를 초월한 성인聖人이 매력적이었다. 하지만 바쁜 일상을 살며 때로는 벽에 부딪히면서 한계도 느꼈던 지금의 나에게는 자연의 흐름을 매끄럽게 타는 장면이 더욱 더 매력적이었다.

3 다시 만난 이데아의 빵집 사장님

『시골빵집에서 자본론을 굽다』 또한 새로웠다. 3년 전에 내가 바라본 저자 와타나베 이타루는 내가 실제로 되고자 했던 롤 모델이었다. 실제로 저자처럼 시골빵집을 운영하지는 않더라도, 자본으로부터 독립하여 자연의 소리를 듣는 삶을 살고자 했다. 이번에 다시 보게 된 와타나베는 또 다른 이상 세계, 이데아의 빵집 사장님이었다. 그는 다니던 회사를 그만두고 여러 빵집에서 아르바이트 생활을 견디면서 빵집을 차리고, 아이를 키우며, 천연 효모 발효 빵의 장인이 되기 위해 노력했다. 이런 저자의 모습에서 예전에는 멋있고 용기 있는 모습이 보였다면, 지금은 그가 겪었을 풍파와 고초가 현실적으로 느껴졌다. 지난 3년간 대학원생의 무게를 실감하다 보니 새로운 눈이 생겼나 보다.

4 독서의 순기능은 자기반성이다

어쩌다 보니 같은 책을 읽고 부정적인 의견을 나열하게 되었다. "다시 읽어보니 지금의 내가 싫어졌다!"라고 이야기하고 싶은 게 아니다. '책 쓰기'라는 목적이야 어찌 되었건 독서를 다시 할 수 있게 된 것은 참으로 다행이고 감사한 일이다. 그리고 좋은 책을 읽는 일의 순기능은 나를 되돌아보게 하는 것이다. 같은 책을 몇 년 사이에 다시 읽으며 과거와 지금의 나를 비교하고 지금의 나를 반성할 좋은 기회가 되었다. 책을 다시 읽기 전 장애물에 부딪혀 움츠러든 거북이 같았던 나와 대학원에 갓 입학해 하얀 도화지 속에 이상적인 삶을 그리려고 했던 나. 이 사이에 미래의 내가 있으리라 생각한다.

맺음글

꽤 여러 페이지에 걸쳐 오로지 내 이야기를 구구절절 늘어놓았다. 'GIST와 독서 모임을 다니고 나의 성공시대가 시작됐다'고 마무리할 수 있으면 얼마나 좋을까. 사적일 수도 있는 이 글에서 여러분에게 전달하고자 하는 내용은 2015년에 『장자』를 처음 접했던 나처럼 세속을 경계하는 삶을 살라는 것이 아니다. 독서 모임을 소개하는 책에 실려 있긴 하지만 독서 모임을 꼭 해보라는 글도 아니다. 『시골 빵집에서 자본론을 굽다』의 저자 와타나베처럼 현대 사회의 부패하지 않는 자본에서 벗어난 삶을 살자는 내용도 아니다. 2020년에 『장자』를 다시 읽어보니 「소요유」보다는 「양생주」가 더 중요했다는 이야기도 아니다. 독서는 2015년의 나에게 가르침을 주었고, 2020년의 내가 자기반성을 할 수 있는 기회를 주었다. 정확히 말하면 배움과 자기반성을 동시에 할 수 있게 하는 것, 이것이 독서의 위력이라는 생각을 전하고 싶다.

이 글을 쓰고 있는 2021년, 이제는 정말 졸업하기까지 몇 년 남지 않았다. 왕석이 형과 민상이 형은 올해에 졸업할 예정이다. 책 쓰기 프로젝트의 기한이 얼마 남지 않은 지금은 오히려 독서와 글쓰기 활동이 연구 및 휴식 시간을 뺏고 있다. 아마도 앞으로 적어도 몇 주 동안은 독서 외의 취미 활동을 가질 것이라는 예상을 한다. 그럼에도 독서를 놓을 수는 없다. 자기반성은 끝없이 필요한 것이기 때문이다. 이 글을 읽는 분들 특히 나처럼 책을 자주 읽지 않는 친구들이여, 삶 속에서 답답함이 느껴진다면 좋은 책을 한 권 골라 일단 읽어 보자.

신자유주의의 역사와 우리의 21세기
: 『더 나은 삶을 상상하라』[*]를 읽고
- 조민상

들어가며

2016년 올해도[**] 많은 언론과 경제기관들은 한국의 경제 상황에 대해 부정적인 전망을 내놓고 있다. 전문가들은 세계경제가 2% 대의 저성장을 지속하면서 구조적 저성장 기조가 고착화되고 있고, 브렉시트Brexit 등으로 불확실성이 확대됨에 따라 경제가 회복세로 전환하기 힘들 것이라 예상한다. 미국은 고용 및 소비 지표의 개선에도

---

[*]   토니 주트, 『더 나은 삶을 상상하라』, 플래닛, 2011.

[**]   이 글은 2016년 8월에 진행되었던 독서 모임 발제문을 바탕으로 수정을 한 글이다. 글의 시
      의성을 잘 보여주기 위해 편집 시에도 작성 시점을 변경하지 않았다.

불구하고 투자와 수출이 둔화되고 있으며, 그리스와 스페인을 포함한 유로존Eurozone은 극심한 경제위기를 겪고 있다. 유로존 국가들의 실업률 역시 지난 5월 최대 12.2%를 기록하며 연일 최고치를 경신하고 있다. 수출 및 제조업으로 경제를 지탱하고 있는 한국은 이 영향으로 연간 경제성장률이 3%에도 미치지 못할 것이라 한다.[*] 더욱이 지난 1월에는 청년실업률이 16년 만에 최고치를 기록하는 등 취업을 준비해야 하는 우리에게도 현 경제 상황이 큰 어려움으로 다가오고 있다.[**]

하지만 이처럼 매일같이 보도되는 부정적인 경제전망이 이공계 대학원생에게는 관심의 대상이 아닌 것 같다. 애초에 경제나 사회에 관심 있는 사람도 드물다. 이들에게는 계속되는 실험과 논문 작성이 더 큰 관심사다. 밤낮없이 실험하다 보면 신문기사 하나 읽을 시간도 사치라 느껴진다. 경제 상황이 좋지 않다는 것을 걱정하기는 해도 당장 눈앞의 실험결과가 어떻게 나올지에 더 전전긍긍한다. 아직 취업전선에 있지 않다는 점도 또 하나의 이유이다. 박사과정만 4~5년, 그 이후 수년의 박사후연구원Post-doc 기간을 거치다 보면 직장을 잡기까지 아직 많은 시간이 남았다고 느낀다. 기업의 채용인원이 경제 상황에 직접적으로 영향을 받는 반면, 대학이나 정부출연연구소와 같은 기관은 상대적으로 덜하다는 생각도 갖고 있다. 하지만 경

---

[*]　고형준·김영삼, '2016 하반기 경제전망', 포스코 경영연구원, 2016.

[**]　이재원·이현승, "1월 청년실업률 9.5%, 16년 만에 최고치… 전반적 지표는 안정적", 조선비즈, 2016년 2월 17일, https://biz.chosun.com/site/data/html_dir/2016/02/17/2016021701534.html (2021년 5월 12일 접속).

제가 이공계인들에게 큰 영향을 미치는 것은 부인할 수 없는 사실이다. 대한민국은 국가 주도의 과학기술투자가 많은 나라다 보니, 오히려 다른 나라보다도 경제 상황이 학계에 많은 영향을 미친다. 경제 상황에 따라서 과학기술 투자 규모와 방향이 결정되고, 집중 투자되는 학문 분야도 국가의 경제성장 전략에 따라 결정된다.

독서 모임을 통해 모인 우리들은 이러한 사실에 공감했다. 당장은 우리 연구결과가 중요해 보일지 몰라도, 경제와 사회를 폭넓게 이해하는 일이 장기적으로는 큰 도움이 될 거라는 믿음을 공유했다. 그래서 우리는 경제서적들을 함께 읽으며 '경제' 문제를 공부하였다. 시작은 황런위黃仁宇의 『자본주의 역사와 중국의 21세기』이었다. 대부분이 경제에 문외한이었기 때문에, 현대 경제 시스템이 구축된 역사적 배경에 대한 자세한 설명이 담긴 책을 선정했다. 이 책을 통해 17~19세기 근대 자본주의가 태동 및 발전했던 시기를 통시적으로 이해할 수 있었다. 또한 구체적이고 다양한 사례를 통해 자본주의가 하나의 이데올로기가 아닌 사회 운동Movement임을 배웠다. 자본주의 사회는 누군가의 이론을 기반에 두고 건설된 것이 아니었다. 오히려 각 시대의 정치주체가 그 지배 체계를 강화하고 조직의 이익을 확대하기 위해 고안한 체계였다. 또한 자본이 널리 유통되고, 능력에 따른 조직관리 권한이 부여되며, 은행이나 주식시장과 같은 기술적 지지 요소가 사회에 자리 잡는 과정이었다. 이를 통해 인류가 함께 협력하는 기교의 하나가 바로 자본주의였다.[*]

---

[*] 황런위, 『자본주의 역사와 중국의 21세기』, 이산, 2001.

5. 독서 모임이 남긴 흔적들 다시 쓰기

이후 우리는 현대 자본주의의 구체적인 모습을 더 알고 싶었다. 뉴스에서 보았던 리먼브라더스 사태나 브렉시트와 같은 현실의 경제문제를 이해하고 싶었던 것이다. 그래서 선택한 책이 현대의 경제문제를 다룬 토니 주트^{Tony Judt}의 『더 나은 삶을 상상하라』이었다. 이 책은 1980년대부터 주요 국가들의 경제정책의 기조가 되었던 신자유주의가 무엇인지, 특히 규제를 받지 않는 신자유주의가 어떤 결과를 낳는지를 비판적 관점에서 기술한다. 더불어 '자본주의가 곧 현대 국가'라는 의미가 무엇인지 더 정확하게 파악할 수 있는 책이기도 하다.

이 글에서는 토니 주트의 책을 독해하면서 이해한 신자유주의의 근본이념, 신자유주의 국가의 탄생 과정 그리고 현재 신자유주의 국가가 직면한 경제 상황을 정리하였다. 특히 신자유주의 경제 정책이 이 사회에 가져왔던 '불평등'의 문제에 주목했다. 더 나아가 한국에는 어떤 불평등이 존재하는지 살펴보고, 비정규직과 관련한 문제에 대한 우리들의 생각을 정리해보았다.

신자유주의와 그것의 결과

1 우리의 상황, 시대에 대한 문제의식

토니 주트의 책 첫 구절인 "오늘날 우리가 살아가는 삶의 방식은 무언가 근본적으로 잘못되어 있다"라는 현 상황에 대한 저자의 문제의식을 한마디로 잘 표현해주고 있다. 빈부격차는 날로 극심해지고 있으며, 기회는 불균등하게 주어지고 있다. 민주주의를 옥죄는 특권과 부패, 계급 간의 경제적 착취 및 금권 정치 등 헤아릴 수 없는 부조리함이 이 사회에 만연하다. 하지만 드러난 사실보다 더 중요한 것이 있다. 부조리한 사회구조가 개인의 사고와 삶의 방식까지 변화시키고 있다는 사실이다. 저자에 따르면, 최소한 그가 살았던 1980년부터 이후 30년 동안 많은 사람이 물질적 사리사욕의 추구를 미덕으로 삼고 살아왔다. 그 이유는 신자유주의는 경제학 원리이자 일종의 과학으로 대중에게 인식되었기 때문이다. 따라서 그 기저에 있는 철학인 '인간 욕망을 방치하더라도 자연스럽게 그것이 집단을 보존하는 방향으로 흘러간다는 생각' 또한 대중의 사고에 깊이 자리 잡았다. 인간이 가진 물질적 욕구를 인정하고 그것을 좇으며 살아가는 일이 매우 당연해진 것이다.

우리는 '이 사회는 무엇인가 잘못되었다고 느끼게 하는' 구체적 사례들을 조지프 스티글리츠Joseph Eugene Stiglitz의 『불평등의 대가』에서 확인할 수 있다. 그것들은 '사적 영역을 특권화하고 공적 영역을 무시한 사례들'로 명명할 수 있다. 2002년부터 2007년까지 미국 국민 소득의 약 65% 이상이 단 인구 1%에게 돌아갔고, 평균 CEO 임금은 노동자 평균 임금을 기준으로 약 243배로 늘어났다는 사실은 소득의 양극화가 점점 심해지고 있음을 보여준다.[*] 부모 소득과 자녀 소득의 상관성이 15%에서 35%로 증가하여 경제적 계층이 고착화되

---

[*] 조지프 스티글리츠, 『불평등의 대가』, 열린책들, 2013, pp.83-84.

었다.[*] 소득불평등은 단순히 통계학적 문제로만 치부될 것은 아니다. 소득불평등이 악화될수록 범죄, 비만, 실업, 불안과 같은 사회문제가 발생할 가능성이 높아진다. 그러나 스티글리츠는 사회구성원들이 불평등이 심화된다는 사실을 당연하게 받아들이고 있는 '심리적 문제'가 더 심각한 문제라고 지적한다.[**] 대중에게는 언론을 통하여 끊임없이 부자들의 삶의 아름다움이 찬양되고 있다. 하지만 실질적으로 현 사회 구조에선 대다수의 사람들이 그런 아름다운 삶을 누릴 수 없다. 오히려 경제적 수준이 낮은 사람들에게 복지라는 이름으로 카인의 낙인을 찍어버리는 사회이다.

2 케인즈주의 및 신자유주의의 탄생 배경

이러한 문제가 비단 오늘날 갑자기 발생한 것은 아니다. 토니 주트는 역사라는 맥락 안에서 지금을 조망하기 위해, 제1, 2차 세계대전 당시의 상황으로 우리를 데려간다. 전대미문의 재앙이었던 두 차례의 세계대전 이후 각국의 지도자들은 1914~1945년 그들이 겪었던 일들을 인류가 다시 반복하지 말아야 한다고 생각했다. 그들은 제3차 세계대전은 존재하지 않아야 한다는 확고한 목표가 있었다. 저자는 이 당시 지도자들이 내놓은 답을 검토하며 이야기를 시작한다.

대공황과 세계대전이라는 역사적 고비를 넘기 위해서, 사람들은 케인즈John Maynard Keynes의 생각을 적극적으로 받아들였다. 케인즈는

---

[*] 토니 주트, 위의 책, 2011, pp.83-84.
[**] 조지프 스티글리츠, 위의 책, 2013, pp.235-268.

1883년에 태어나 1946년까지 살면서 최고의 위치에서 몰락의 길로 들어선 영국을 보게 되었다. 그리고 자연스럽게 경제를 위해 국가가 해야 할 역할을 깊이 고민했다. 케인즈에게 인간만사란 본질적으로 예측 불가능했기 때문에 그는 결정론적이고 시장 예찬적인 사람들의 사고를 부정하였다. 보이지 않는 손에 대한 확신을 내려놓고 반드시 일어날 수밖에 없는 시장의 실패를 국가가 해소해야 한다고 주장하였다.

케인즈가 살았던 세상은 파시즘과 공산주의가 국가의 새로운 통치 이데올로기로 도입된 시대였다. 파시즘과 공산주의는 국가가 통치의 전면에 나서 국민들을 하나로 묶고 방향을 정해야 좋은 사회가 될 것이라 생각했다. 그러나 케인즈는 파시즘과 공산주의가 이를 실행하는 방법론에 동의하지 않았다. 전쟁과 점령, 착취 없이는 결코 유지될 수 없는 시스템이었기 때문이다. 그는 보수적인 성향이었기에 당시의 자본주의 시스템을 유지시키는 방법을 고민했다. 다만 자본주의에서 필연적으로 발생할 수밖에 없는 시장의 한계들을 국가가 개입하여 치유해야 한다고 생각했다. 경제 불황이 발생하면 국가는 경기 회복을 시장에만 맡겨두면 안 됐다. 불황기에는 경제 순환을 위해 소비를 진작시켜야 하는데, 국가 주도 사업 및 소비 진흥 정책으로 이를 이룰 수 있다고 주장했다.

케인즈 정책의 함의는 단순히 국가의 시장개입을 통해 수요를 창출하는 것을 넘어선다. 기존의 파시즘이나 공산주의가 실패했던 요인은 전쟁과 점령, 착취가 반드시 필요한 시스템이었기에 케인즈는 그것을 제외하면서 국가가 중심이 되는 사회를 구성해야 한다고 생각했다. 여기서 국가가 중심이 된다는 것의 의미는 국가에 소속된 개인이 자신의 '자유'를 일정 부분 포기할 수 있어야 하며, 그 기저에는 '신뢰'의 개념이 들어가야 된다는 것을 말한다. 국민들이 서로 동료의식을 가져야 하며, 그 기반은 동질성으로 확보되어 개인보다는 국가 중심적 사회가 필요하다고 생각했다. 이러한 케인즈의 주장은 영국, 베네룩스 3국,[*] 오스트리아, 독일 사회민주주의, 미국 공화당 등 여러 국가와 정당에서 폭넓게 받아들여졌다. 그의 생각이 폭넓게 받아들여질 수 있었던 이유는 바로 '전쟁의 잔상' 때문이었다. 국가가 모든 손을 놓아버린다면 인류가 얼마나 폭압적으로 변할 수 있는지 모두가 알고 있었다. 이 공포를 다시 경험하고 싶지 않았기에 사람들은 시장의 자유를 제한하는 데 기꺼이 찬성하게 되었다.

하지만 케인즈주의적 합의는 오래가지 못했다. 전쟁을 경험하지 않았던 새로운 세대, 소위 '60년대 세대'라 불리는 세대가 등장한 것이다. 이 세대는 어렸을 적부터 텔레비전 및 라디오와 같은 새로운 기술의 발전과 그에 따른 대중문화의 확산을 경험했다. 전쟁을 경험하며 평화만을 갈망했던 그 부모의 세대와는 본질적으로 다른 존재였다. 또한 노동자 수의 감소에 따라 사회에서 노동자들이 차지하는 비율이 급감하였다. 고등교육을 통하여 인간은 육체적 노동이 아닌 정신적 노동을 하는 새로운 모습으로 삶을 살아가게 되었다. 이러한 변화는 공동체의 관계성을 중시하기보다, 개인의 필요와 권리에 따

---

[*] 벨기에(Belgium), 네덜란드(Netherlands), 룩셈부르크(Luxembourg)의 머리글자를 따서 3국을 총칭하는 단어. 세 국가가 제2차 세계대전 중 결성한 베네룩스 관세동맹에서 유래하였다.

라 삶을 살아가는 것을 촉구하였다. 나아가서 이러한 개인의 권리가 사회 속에서 보장되어야 한다는 생각이 많은 사람들에게 공유되었다.

하이에크Friedrich Hayek 및 슘페터Joseph Alois Schumpeter를 중심으로 한 오스트리아의 사상가들은 이런 달라진 사회 분위기를 바탕으로 그의 이론을 체계화하였다. 그들은 세계대전을 경험한 케인즈와 동시대 사람이다. 하지만 이들은 같은 현상에 대해 케인즈와는 다른 방식으로 문제를 해결하려 하였다. 오스트리아는 한 번의 도시사회주의 실험을 거쳤지만, 얼마 지나지 않아 쿠데타로 전복되고 나치에 점령되는 사건을 경험했다. 그들은 고민하였다. '어떻게 자유주의가 무너지고 파시즘에 이르렀을까?' 그들이 생각해 낸 답은 이렇다. 마르크스주의적 좌파의 정책, 즉 국가 주도의 계획 경제, 시당국에 의해 운영되는 서비스, 경제활동의 집산화 등과 같은 무익한 정책들의 실패는 그 실패로만 끝나지 않고 사회를 더 악화시켰다. 그리고 그 실패에 대응하는 극우파(파시스트)의 도전에 저항하지 못했기 때문에, 국가 주도의 계획 경제는 더욱 심각한 사회 몰락을 초래하였다. 따라서 오스트리아 사상가들에게는 경제에 대한 국가의 간섭을 막는 것이 자유주의와 열린사회를 지키는 최선의 방법이었다. 경제정책은 권력과 충분한 거리를 두어 수립되어야 하며, 정치인들이 경제를 계획하고 조종하지 못하도록 막아야 한다는 것이다.

하이에크의 철학을 근간에 둔 정책들은 60년대 세대의 큰 호응을 받았다. 20세기 마지막 30년을 장식했던 지적 흐름, 새로운 자유주의라는 의미의 '신자유주의Neoliberalism'는 여기서 출발하였다. 특히 1970년대 영국이 경험했던 스태그플레이션Stagflation(경제 불황과 물가상

승이 함께 발생하는 상태)은 그 도화선 역할을 했다. 케인즈식 정책에 따른 정부의 지속적인 경기부양책은 자본을 시장에 지속적으로 투입하여 물가를 크게 상승시켰다. 이런 인플레이션을 조절하기 위해 각국 정부가 긴축정책을 취하자 유럽국가들의 실업률이 계속 상승했다. 동시에 1970년대 초반 석유수출국기구OPEC가 유가를 인상하면서 실업률 상승과 인플레이션이 겹치는 스태그플레이션 현상이 발생하게 되었다.

3 신자유주의의 탄생 및 전개[*][**]

영국에서는 당시 집권당이었던 노동당을 중심으로 경제위기를 극복하기 위한 구조개혁이 논의되고 있었다. 정부 내 정책연구부서인 공공정책부Public Sector group에서 활동하던 리처드 프라이크Richard Pryke와 스튜어트 홀랜드Stuart Holland는 공적 투자를 통한 경제부양을 넘어, 경제 핵심기업을 국영화하여 실업률 및 인플레이션, 노동자 임금 등을 관리하는 정책을 내놓았다. 지난 30년간의 장기적인 경제성장 덕분에 많은 초국적기업이 등장하였는데, 이들이 독점하는 영역은 세금 증가 혹은 원자재값 상승 부분을 곧바로 가격인상에 반영하여 그 부담을 소비자에게 지웠다. 이것이 현재 인플레이션을 가속화시킨 이유라는 것이 노동당의 진단이었다. 따라서 추가적인 규제를 도입하고 국가가 민간기업들을 적극적으로 인수하여 경제를 회복시키겠

---

[*] 장석준, 『신자유주의의 탄생』, 책세상, 2011.
[**] 지주형, "고사 직전의 한국 진보, 대처를 배워라!", 프레시안, 2013년 4월 16일.
     https://www.pressian.com/pages/articles/68787#0DKU(2021년 5월 12일 접속).

다는 것이 노동당의 복안이었다.

　하지만 초국적 금융자본의 환율교란으로 인해 이 방안은 실질적 효과를 거두지 못했다. 1976년, 금융자본은 자신들이 보유하고 있던 영국의 파운드를 투매했다. 이는 파운드화의 급격한 평가절하를 가져와 기존 파운드당 2.2달러를 유지하고 있었던 환율이 파운드당 1.5달러까지 떨어졌다. 영국의 무역적자가 점점 더 커져가자 환율이 더 이상 내려가는 것을 막기 위해 영국은행은 보유하고 있던 달러를 시장에 팔 수밖에 없었다. 그러나 한 국가의 외환보유고로 초국적 금융자본과의 환율전쟁에서 승리하기에는 역부족이었다.

　이 결과 영국이 1976년 국제통화기금IMF에 구제금융을 요청하게 되는 사건이 발생하게 되었다. 이전부터 신자유주의자들은 영국이 IMF의 구제금융을 받아들이는 것을 간절히 바라고 있었다. 그들은 지금까지 노동당 집권을 통하여 영국의 경제구조가 반기업 중심적으로 돌아가고, 노동당의 구조개혁 정책들이 경제활동의 자유를 침해한다고 생각하였다. 따라서 신자유주의자들은 케인즈주의 중심의 세계의 경제정책 방향을 바꿔놓을 수 있도록 전력을 다하고 있었다. 이런 상황에서 영국이 IMF 구제금융을 받아들인다면, IMF를 통하여 영국의 경제정책 전환을 조건으로 내걸어 경제정책에 개입할 수 있었다. 지금까지 추진되었던 정부의 적극적인 경제 개입을 중단하고 공공지출 삭감과 국영회사 지분 매각 등의 정책들을 영국에 도입할 수 있게 된다. 영국은 결국 IMF 구제금융을 수용하고 각국의 중앙은행들로부터 30억 달러의 차관을 받게 된다. 경제 상황은 곧바로 호전이 되었지만 이 일은 경제구조 전체가 바뀌게 되는 시발점이었다.

　　　　　　　　5. 독서 모임이 남긴 흔적들 다시 쓰기

영국의 노동당은 경제위기로 인해 많은 국민들의 신임을 잃게 되었다. 더불어 IMF의 요구까지 수용함으로써 노동자들의 임금이 동결되어 노동자들의 지지까지 잃었다. 그래서 1979년 총선에서 마거릿 대처Margaret Thatcher가 이끄는 보수당에 정권을 넘겨주게 된다. 정권을 잡은 대처는 노동당이 마련했던 기업과 금융 규제 등을 폐지하고 공기업을 사유화하였으며, 복지제도를 축소하는 본격적인 신자유주의적 경제구조를 만들어갔다. 대처의 경제정책을 시발점으로 하여, 미국의 레이건Ronald Wilson Reagan과 프랑스의 자크 시라크Jacques Chirac 등 각국에서 우파가 집권하며 그 신자유주의 체제가 전 세계적으로 확대하였다.

신자유주의자들은 경제 시스템을 만들어가는 과정에서 재산의 사적소유권과 경제 주체의 자유로운 경제활동을 법적으로 보장하였다. 적극적으로 국가가 시장에 개입하면 개인의 생활영역까지 간섭하여 개인의 자유가 축소될 것을 우려하였기 때문이다. 그들은 국가가 경제활동의 모든 것을 통제하는 사회는 개인이 결국 중세시대 농노 상태로 돌아가는 것과 다를 바 없다고 생각했다. 또한 각자 자신의 직업과 일자리를 선택할 수 있는 권리가 보장되어야만 가장 효율적으로 생산 활동을 한다는 점을 중요하게 생각했다. 따라서 국가의 권력은 모든 사회의 구성원들이 합의해 만든 '법'의 통제를 받아야 하고, 국가의 재량으로 실시하는 업무는 최소화하는 것이 그들의 접근 방식이었다.

다만 개인의 자유를 보장하기 위한 국가의 개입을 유지할 필요는 있었기 때문에, 기존의 총수요 조절을 위한 통제와는 다른 개입 방식을 고안하였다. 신자유주의의 학문적 배경을 제공했던 시카고학파의 주장에 따라 국가의 경제 개입은 국가사업이나 또는 직접투자가 아닌 통화량 공급의 원칙을 통해서 이루어지도록 하였다. 이때 국가의 적극적 개입 없이도 경제 관리가 가능하다고 생각했다. 앞에서 언급했듯이 그들은 케인즈식 경제정책의 한계를 비판한다. 케인즈의 방식대로 정부의 공공투자정책 또는 조세정책의 변화로 경제 성장을 유도하려는 정책은 인위적인 미봉책에 지나지 않았다. 자유로운 시장에 맡길 때 경쟁을 통한 성장이 자연스럽게 이루어질 수 있었다. 또한 통화량을 조절하면 인플레이션을 예방하고 장기적인 성장을 도모할 수 있다고 생각하였다.

이런 이론적 배경을 바탕으로 신자유주의 국가들은 국가 경제정책의 목표를 바꾸고 이를 국민에게 설득시켰다. 그들은 기존의 복지 확대 및 완전고용을 목표로 하기보다는, 자유로운 경쟁상태에서 누구나 노력하는 만큼 돈을 벌 수 있음을 강조했다. 특히 금융시장을 경제생활의 중심으로 제시했다. 자본가들이 자본을 통하여 금융시장에서 돈을 벌 수 있는 것처럼, 금융시장에서 능력에 따라 수익을 얻을 수 있다고 홍보하였다. 이는 개개인의 자유가 경제권 안에서 극대화되는 방향이라 주장하며 신자유주의 체제를 공고히 하였다.

4 신자유주의 경제정책의 결과

하지만 세계경제는 신자유주의자들의 의도와는 다르게 흘러갔다. 1980년대 이후, 신자유주의 국가들의 경제지표는 많은 부분 호전상태에 있었다. 금융규제 완화와 공기업 민영화 등의 정책을 편 이후로, 경제성장률이 높아지고 실업률이 낮아지기는 했다. 하지만 이는 일시적인 현상에 불과하였다. 1990년대 이후로 다시 경제성장률과 실업률이 이전 지표로 원상 복귀되는 상황이 된 것이다. 물론 1990년대 미국에서는 IT 활황으로 인해 경제성장이 지속되었지만, 2000년대에 들어오면서 다시 정부의 재정적자는 증대되고 실업률이 상승했다. 거시경제지표뿐만 아니라 빈부격차도 커지면서 대다수 국민들의 삶의 수준은 더 나아지지 않았다.

기존의 산업구조가 계속 변화한다는 사실이 이런 현상의 중요한 원인이었다. 경제학에서 규정하는 가장 근본적인 시장의 특성은 수요와 공급이 만나는 지점에서 상품의 가격이 결정된다는 것이다. 노동자의 임금도 마찬가지로 노동자의 능력에 대한 필요와 공급이 만나는 지점에서 결정된다. 보통 특정 업무에 숙련된 노동자는 필요에 비해서 공급이 적기 때문에 높은 임금을 받고, 숙련도가 필요 없는 단순 반복적인 일에는 공급이 많기에 낮은 임금을 받게 된다. 그런데 과학기술의 발전과 교육의 확대라는 두 가지 요소는 산업구조 자체를 바꾸어놓았다. 과학기술의 발전으로 기차표 판매와 같은 비숙련 노동은 기계로 대체될 수 있었고, 일자리는 숙련 노동으로 집중되었다. 또한 교육의 확대를 통해 숙련된 노동자들의 공급이 크게 확대될 수 있었다. 하지만 수요는 과거와 비슷하여 전반적으로 노동자들에 대한 임금이 정체되거나 하락하게 된 것이다.

정부의 조세정책 또한 불평등이 심화하는 데 한몫했다. 특히 자본이득에 대한 조세 정책은 각 대통령마다 달랐다. 레이건 대통령과 조지 부시 대통령의 강력한 세율인하 정책은 표면상 세금을 낮춰 기업에 대한 투자 유인을 목적으로 했다. 하지만 투자를 통한 이윤이 사회로 돌아가기보다는 결과적으로 투자자 본인에게 돌아갔기 때문에 빈부격차를 증대시키는 역할을 하게 되었다. 또한 이런 세율인하 정책으로 부족해진 세금을 부가가치세 등 간접세로 대체하는 정책을 펼쳤다. 하지만 간접세는 모든 사람들이 동일하게 내는 세금이었다. 따라서 간접세 인상은 적은 돈을 가지고 있는 사회약자층에게 더 큰 부담으로 다가오게 되었다.

신자유주의자들은 이제까지 이런 불평등이 경제성장을 위해서 어쩔 수 없는 필요악이라 주장하였다. 분배보다는 성장을 중요시하는 정책으로 일반 서민들까지 혜택을 볼 수 있도록 하는 낙수효과Trickle down effect를 말했다. 하지만 불평등이 일정 수준 이상이 될 경우 해당 사회의 불안정성은 증대되고 전체 소비는 감소하는 결과를 가져온다. 특히 소득 상위 1%의 부유층은 상대적으로 소비에 사용되지 않는 자산이 많기 때문에 실질적으로 경기활성화에 기여하는 부분은 하위 20%의 사람들보다 적다. 경제학자 알프레드 마셜Alfred Marshall이 지적한 것처럼, 이익의 거의 대부분이 상류층에게 돌아가고 있다는 인식이 팽배해지면 노동의 효율성이 감소하는 부분도 상당하다.

그러나 이런 신자유주의 정책의 결과가 단순히 불평등의 심화만 초래했다고 보이지 않는다. 이를 넘어서 국가 공동체에 끼친 가장 큰 해악이 있다. 그것은 바로 구성원들의 사회에 대한 '불신'을 확대시켰다는 점이다. 경제제도뿐만 아니라 민주주의 시스템까지도 말이다. 2011년 뉴욕의 한복판 주코티 공원Zuccotti Park에서 '월가를 점령하라Occupy wall street'는 시위가 벌어졌다. 시위자들은 경제위기를 타개하기 위해 쏟아 부은 세금을 가지고 세계경제위기를 초래한 월가 사람들 본인이 두둑한 인센티브를 받는 모습에 분노했다. 세계경제를 움켜쥐고 있는 월가 수뇌부 개개인의 도덕성이 일차적인 문제이지만, 이런 수뇌부들의 행위를 가능하게 하는 미국의 경제제도 또한 문제가 있다고 보았다. 이 시위는 순식간에 전 세계로 퍼져 나갔고, 이는 시위대가 가진 문제가 미국만의 문제는 아니라는 점을 알려준다. 그들은 처음 미국이 경제 시스템을 만들 때 중요하게 생각했던 가치인 민주주의와 경제제도인 자유시장경제체제가 정상화되길 원했다. 시위자들은 돈이 아니라 사람이 중시되는 민주주의 그리고 개개인 모두에게 자유가 보장되는 시장경제체제를 요구했다.

특히 신자유주의 정책이 민주주의에 끼치는 악영향은 심각하다. 민주주의는 현대 사회의 가장 핵심적인 정치시스템이다. 250년 전 미국사회는 그리스의 민주주의를 근간으로 하는 정치시스템으로 설계되었고, 그로부터 150년 후 미국이 초강대국의 위치에 오르자 많은 국가들은 미국의 정치 시스템을 국가 운영시스템으로 채택하게 된다. 민주주의는 자유로운 토론이 보장되고, 투표를 통해 모든 사람이 국가정책 결정에 자신의 의사를 반영하는 제도이다. 이때 가장 중요한 것은 '모든 사람들의 의사'가 국가정책결정에 반영된다는 것이다. 이런 측면에서 지금의 우리 사회가 원래 민주주의라는 이념을 도입한 취지에 맞게 운영되고 있는지 검토해보아야 한다. 자유로운 토론도 보장되고 투표도 때마다 진행되고 있지만, 99%의 사람들의 의사가 정책결정에 반영되고 있는지는 의문이다. 언론을 이용한 대중 호도, 금권을 이용한 정치인 매수, 계획적인 정책을 통한 부의 착취와 탈세 등은 투표를 자신의 의견 반영에 무의미한 수단으로 전락시키고 있다.

　시민들은 신자유주의자들이 보장한다는 '자유로운' 시장도 체감하기 힘들다. 시장은 재화와 서비스가 거래되는 추상적인 공간을 지칭하는 개념이다. 시장의 중요한 특징 중 한 가지는 수요곡선과 공급곡선이 만나는 그 지점에서 가격이 결정된다는 것이다. 구매자의 필요와 판매자의 요구를 모두 충족시키는 그 지점이 바로 거래가격이다. 그러나 이 가격으로 결정되기 위해서는 판매자와 구매자가 절대적으로 자유로운 상태에 있어야 한다는 전제가 필요하다. 구매자는 가격이 높으면 구매하지 않을 자유가 있어야 하며, 판매자는 가격이 낮았을 때 팔지 않을 수 있는 자유가 있어야 한다. 이런 상태에 있을 때 그 시장을 자유로운 시장이라 부를 수 있는데, 현실은 그렇게 보이지 않는다. 필수 상품을 독점하여 구매자는 비싸게 느껴져도 사야 하는 부자유함이 있다. 언론을 통한 호도로 많은 이익을 챙기는 판매자 또한 많다. 물론 완전한 자유시장은 처음부터 이상세계에만 존재할 수 있지만, 독과점 정도가 지나칠수록 사람들은 무엇인가 잘못되었음을 느낄 수 있다. 최소한 시위 참가자들은 자유로운 시장이 보장되지 않고 있다고 느끼는 것은 확실하다.

　무엇보다도 이러한 상황이 계속된다면 종국에는 구성원들이 사회에서 떨어져 나와 스스로 사회를 와해시킬 수 있다는 것이 가장 큰 문제이다. 벌써 지금도 우리가 다른 동료 시민들과 무언가를 공유하고 있다는 사실을 인식하기가 갈수록 어려워지고 있다. 의료보험증이나 연금 카드처럼 우리가 일상적으로 사용하는 것들이 한 예다.

　　　　　　　　5. 독서 모임이 남긴 흔적들 다시 쓰기

자비로운 국가와 적극적으로 참여하는 시민들 간의 이러한 교환 의례들은 대중교통, 병원, 관청 등 고정된 특정 장소에서 일어났다. 이런 공공 당국과 공공 정책들과 관련된 시민들의 공통된 경험은 그들 간의 강력한 동료의식을 형성하는 데 기여했다. 하지만 이런 공공성의 몰락은 국민들을 무한한 개인주의로 빠지게 하였다. 신자유주의적 사고가 만연한 사회에 살고 있는 우리들은 이기심을 극대화하고 자기계발에 몰두하는 것이 당연하다고 배웠다. 이타주의, 아니 그저 착한 행동마저도 이 사회에서는 설 자리가 없다. 종교에 귀의하는 것 말고 우리 세대에게 단기적 이익을 넘어선 삶의 목적을 제시해줄 만한 것이 없어, 많은 사람들이 '나'와 '당장의 이익'에만 몰두하는 것이 지금의 현실이다.

　시위가 시작되고 두 달이 지난 후 뉴욕 시에는 시위대의 목소리로 "우리는 미국의 최고 부자 1%에 저항하는 99% 미국인의 입장을 대변한다"라는 구호가 울려 퍼졌다. 민주주의와 자유시장경제체제가 제대로 작동하지 않고 있다는 시스템을 한마디로 '지금 이 사회는 불평등한 사회'라고 표현할 수 있다. 80년대 말, 공산주의 사회가 붕괴한 이유는 공산주의라는 사회제도가 본질적으로 잘못된 것이 아니라, 제도 안에 있는 사람들이 제도를 신뢰할 수 없었기 때문이다. 내가 아무리 열심히 일해도 남들과 똑같은 몫을 받을 수밖에 없고 그렇기에 내 삶은 나아지지 못한다는 생각은 모든 것을 멈추게 만들었다. 이 교훈을 잘 기억해야 한다. 현재 신자유주의 국가 또한 체제 내에 있는 사람들이 체제를 불신하기 시작하였다는 점을 심각하게 받아들어야 한다.

5 우리와 연관된 신자유주의 문제: 비정규직 문제

그렇다면 우리나라는 어떤 상황일까? 우리나라 또한 지난 20년 동안 위와 같은 신자유주의 정책들이 많이 시행되었다. 1997년의 IMF 사태로 인한 경제구조의 대대적인 개편 이후 노동유연화를 위한 비정규직 도입, 고용 없는 성장 추구, 금융자본의 투자규제 완화 등 이전과는 다른 많은 경제체제의 변화가 있었다. 한국은 금융자본이 정치적 압력을 통해 제도를 도입했던 다른 나라들과는 달리 관료들이 먼저 신자유주의 시스템을 도입 및 확산시켰다.* 정치인 및 관료들은 정권 창출을 위해서는 경제성장을 이루어야 하고, 그러기 위해선 경제의 중심인 기업과 투자자의 의욕을 증진시키는 신자유주의 정책이 필요하다고 생각하였다. 따라서 조금 더 빠른 속도로 신자유주의 시스템이 한국경제에 자리 잡았다. 경제위기를 극복한 이후에도 지속적으로 규제철폐 및 민영화 정책이 국가 주도로 검토되었으며, 이명박 및 박근혜 정부에서는 이것들이 본격적으로 제도화되었다.

이때 도입되었던 여러 정책 중 지금 우리의 현실과 직접적인 관련이 있는 문제인 '비정규직 문제'를 가지고 토론해보았다. 먼저 우리가 몸담고 있는 학계를 생각해보았다. 직업적인 측면에서 대부분의 박사과정 학생들은 교수와 같은 '정규직' 연구원을 목표로 한다. 왜냐하면 다른 여느 직종과 마찬가지로 연구직에서도 연구교수, 계약

---

* 박영흠, "한국의 신자유주의는 어떻게, 누구에 의해서 만들어졌는가?", 서강대학교 대학원 신문, 2012년 4월 10일, https://sggpaper.tistory.com/entry/120호-한국-신자유주의는-어떻게-누구에-의해서-만들어졌는가(2021년 5월 12일 접속).

직 연구원 등 비정규직의 처우는 좋지 않기 때문이다. 고용의 불안
정성은 말할 것도 없고, 소속된 프로젝트의 책임자에 절대적인 권한
이 있어 임금이나 고용기간 등이 수시로 변경된다. 그렇다면 오랜
시간을 통해 많은 노력을 들인다면 이 사람들이 모두 정규직 연구원
이 될 수 있을까? 한국의 경우에는 그렇지 않다. 박사 졸업생 대비
한국의 정규직 연구직의 수는 턱없이 부족한 상황이다.[*] 어쩔 수
없는 상황이라는 것도 일리는 있다. 과거 1960~1970년대만 하더라
도 박사학위를 받으면 대부분 바로 교수로 부임하였다. 그러다 점점
박사학위 소지자는 많아지고 대학과 연구소의 수는 유지 또는 감소
되면서 이런 상황이 벌어진 것이다. 비정규직의 문제는 당장 우리
앞에 있는 문제이다.

사회 전체적으로 보아도 비정규직 노동의 도입이 한국의 노동시
장 양극화를 심화시켰다고 평가받는다. 2016년 현재까지 비정규직
노동자가 600만 명까지 꾸준히 증가하고 있다.[**] 우리는 장하성의
『왜 분노해야 하는가』를 참고하여 하나의 해법을 생각해보았다.[***]
저자는 정규직과 비정규직의 임금격차를 완화하는 방법으로 동일
노동 - 동일 임금의 원칙과 기간제 노동자 보호법을 '사람 기준'에서
'업무 기준'으로 전환할 것을 주장한다. 현재는 정규직과 비정규직이

---

[*]   문영훈, "박사 절반이 취업 못 한다", 에듀진, 2020년 9월 17일.
     https://www.edujin.co.kr/news/articleView.html?idxno=33991(2021년 5월 19일 접속).
[**] 고용노동부, "비정규직 고용동향", e-나라지표, 2021년 2월 9일, https://www.index.go.kr/
     potal/main/EachDtlPageDetail.do?idx_cd=2477(2021년 5월 12일 접속).
[***] 장하성, 『왜 분노해야 하는가』, 헤이북스, 2015.

동일한 시간 동안 일하더라도 정규직이 훨씬 많이 받는 상황이다. 하지만 만약 정규직과 같은 일을 하였으면 비정규직도 동일한 임금을 받을 수 있도록 보장하도록 하는 방안을 제시했다. 비정규직으로 고용하면 2년 뒤에 해고하는 것이 아니라, 그 자리가 일정 기간 이상 일을 해야 하는 자리라면 사람이 바뀌는 것 여부와는 상관없이 그 자리를 정규직으로 만들라는 제안도 덧붙인다.

하지만 이 제안의 현실성에 대해선 상세한 검토가 필요하다. 특히 제도 실현을 위해 우리나라의 대표적인 임금 체계인 연공급제와의 일관성이 중요하다. 연공급제는 업무근속연수에 따라 임금이 상승하는 임금체계이다. 이 제도의 논리적 근거는 사람이 일한 기간에 따라 업무 숙련도가 높아지므로 이를 임금에 반영한다는 것이다. 만약 정규직과 비정규직 직원에게 동일 임금을 준다고 하자. 현재는 비정규직의 경우 보통 2년 이내의 신입 근로자이다. 이들에게 일에 따라 임금을 준다는 것은 오랜 기간 동안 일한 직원들도 동일 임금을 받아야 한다는 것을 의미한다. 연공급제와 일관성을 상실한다는 것이다. 때문에 제도의 성공적 실현을 위해서는 이 부분의 적절한 보완이 필요할 것이다. 비정규직 2년 해고도 그렇다. 사실 비정규직 2년 해고 규정은 오히려 비정규직을 2년 뒤에는 무조건 정규직으로 전환하라는 규제 때문에 생긴 부작용이다. 따라서 장하성의 주장처럼 일정기간 일을 해야 하는 자리를 정규직으로 만들라는 말은 이미 만연한 편법에 대해 훈계하는 것에 지나지 않는다. 현재까지 보고되고 있는 사례들도 이를 보여준다. 기존의 자리를 회사에서 업무 명목을 바꿔 새로운 자리로 탈바꿈하여 다른 사람을 고용하는 편법을

사용한다고 한다.[*]

　이러한 한계는 있지만, 우리는 이 제도를 연구직에 적용할 수 있지 않을까 의견을 나눴다. 우선 연구직의 주 업무는 '연구수행'이다. 연구수행내용은 연구자가 정규직 혹은 비정규직에 상관없이 '연구과제'에 매우 상세히 규정되어 있다. 보통 업무시간보다는 기술개발, 논문성과, 학회발표 등으로 업무량을 규정한다. 따라서 근속연수가 길수록 업무량이 늘어날 것이라는 논리는 학계에는 적용되지 않는다. 이를 통해 매우 쉽게 동일업무 - 동일임금 규정을 적용할 수 있을 것으로 보인다. 또한 여러 연구과제가 국가의 주도로 이루어지므로, 과제 시작 시 필요한 연구인력이 일정기간 이상 일을 하도록 만들 수 있을 것이다.

　이제까지 토론하였던 '비정규직' 문제 외에도 투자규제 완화나 공기업 민영화 등 신자유주의에 기초한 정책들은 우리 주변에 매우 많이 있다. 최근 2~3년 사이에도 국제 금융자본들이 한국의 기업들에 투자하는 제도 혹은 KTX 및 인천공항 등이 민간 사업자에게 인수되는 문제 등 언론을 통해 많은 문제를 접하였다. 두 권의 책을 읽었다고 해서 이런 문제를 심도 있게 논하고 결론을 내릴 수는 없을 것이다. 하지만 최소한 신자유주의라는 사상을 이해하였으니, 왜 이런 시도들이 이루어지고 있는지, 또 이것이 이루어졌을 때 예상되는 문제는 무엇인지를 생각해볼 수 있다. 또한 그 문제가 단순히 돈만의

---

[*]　박명원, "[청주] 기간제근로자 채용방식, '쪼개기 계약 꼼수'인가", 오마이뉴스, 2019년 3월 12일, http://www.ohmynews.com/NWS_Web/View/at_pg.aspx?CNTN_CD=A0002518734 (2021년 5월 12일 접속).

문제가 아니라 시민들의 생각과 가치관에 영향을 준다는 것까지도 말이다. 계속되는 독서와 토론을 통해 이공학도인 우리들이 이런 문제들을 폭넓게 이해하고 생각을 정립할 수 있길 기대한다.

마무리하며

우리가 살고 있는 이 세상은 그냥 만들어진 것이 아니다. 대공황과 세계대전을 거치면서 선조들이 흘렸던 눈물과 피의 깨달음이 기초가 된 세상이다. 개개인의 욕망을 고삐 풀린 말처럼 놔두게 되면 다시 이런 비극을 반복할 것이라는 선인들의 외침이다. 인간이 모여 살기 위해 일정 부분의 희생을 감수할 수밖에 없으며, 서로 간의 신뢰와 동료의식, 동질성을 쌓기 위해 부단히 노력해야만 평화가 허락된다. 케인즈주의는 국가가 이를 위한 든든한 버팀목이 되어야 한다고 이야기했다. 불황기에는 돈을 돌리기 위해 새로운 사업을 만들고, 경제적 불평등 문제는 적극적 규제와 개입으로 해소할 수 있다고 하였다.

하지만 국가의 개입이 과도하면 구성원들이 답답함을 느낄 수 있음은 자명하다. 그리고 지난 30년의 역사를 통해 금융자본을 포함한 특정 경제주체가 위와 같은 정부정책을 이용하여 자신들의 이익을 확대할 수 있다는 사실을 알게 되었다. 전쟁의 참혹함보다는 평화로운 세상에 익숙한 사람들은 미래의 비극보다는 지금의 희극을 더 중요하게 생각했다. '복지 확대와 완전 고용'이라는 공동체적 목표가 최우선이 아니었다. 자유로운 경쟁상태에서 누구나 노력하는 만큼 돈을 번다는 것을 더 좋다고 생각했다. 다만 이를 통해 모든 문제가 해결된 것은 아니다. 2000년대 경제위기는 다시 반복되었다. 불평등은 심화되었고 그에 따른 국민들의 경제 시스템에 대한 불신은 커졌다. 민주주의의 근간까지 흔들어 놓는 결과를 가지고 온 것이다.

　이런 경제체제 및 정책을 알게 되었을 때 우리는 세상에서 살아남는 것에만 관심을 가져선 안 된다는 생각을 자연스럽게 하게 되었다. 이 땅의 젊은이들에게 세상에 대한 관심을 놓지 말라던 선지자 토니 주트의 외침을 떠올려 본다. 지금의 사회가 어떻게 이런 모습이 되었는지 더 깊이 고민하고, 주저하지 말고 행동하자고 다짐한다. 이런 맥락에서 우리의 사회를 돌아보았다. 다행히 올 2016년은 대통령 탄핵 정국으로 인해 한국 정치사회 역사상 가장 큰 규모의 시위가 열렸다. 국민들의 의사가 시스템에 잘 반영될 수 있다는 믿음을 확인한 좋은 시기였다. 그럼에도 여전히 공부해야 하고, 참여해야 하는 많은 부분이 있었다. 당장 학계에는 계약직 연구자 문제가 만연하고, 이는 우리가 직접 마주하고 해결해야 할 문제였다. 이제까지 경제정책에 대해서는 문외한이라는 핑계로 지나치게 겸손한 태도를 보였다. 하지만 이제는 새로운 상상력을 가지고 우리들의 미래를 만들고자 한다.

내 멋대로 영화 보기

- 송훈

이제는 천만 이상의 관객을 동원하는 영화가 한 해에 수 편이 나온다. 2019년만 해도 〈겨울왕국Frozen〉, 〈기생충〉, 〈극한직업〉, 〈어벤져스The Avengers〉, 〈알라딘Aladdin〉 등 5편의 영화가 천만 관객을 동원하였다. 단지 숫자로만 합치면 인구수를 넘는 관객이 5편의 영화에 동원된 것이다. 이 확장세는 코로나19로 잠시 주춤한 상태이며 넷플릭스Netflix와 같은 OTTOver-the-top media service를 이용하는 새로운 영화 즐기기 방식이 현실화되어가고 있다. 꼭 영화를 극장에서만 봐야 하는 통념에서 멀어져 가고 있는 것이다. 이는 단지 영화에 대한 접근성이 아니라 영상매체에 대한 접근성이 커진 것으로도 생각할 수 있다.

현대인들은 영화 이외에도 수많은 영상을 소비한다. 다른 매체에 비해 압도적으로 그 양이 많다. 뉴스, 유튜브Youtube, 드라마, 광고, 심지어 앞으로는 영상의 비중이 더 높아질 것이라 생각된다. 과거에는 권력자들이 소수의 문자를 아는 사람들이었다면 이 세대에는 당연히 영상매체를 둘러싼 지식을 아는 사람이 권력자가 될 것이다.

그렇다면 앞으로는 올바르게 영상매체를 이해하고 해석하는 일이 중요한 과제가 될 것이다. 영상 독해력을 높이기 위해서는 고도의 편집이 들어가 적극적인 해석이 필요한 매체를 읽는 연습을 해야 한다. 나는 영화를 통해 그러한 연습을 할 수 있으리라 생각한다. 이런 연습을 위해서는 영화에서 카메라를 발견하고 편집자를 발견해야 할 것이다. 하지만 나는 여기에서 어떻게 영화를 봐야 하는지에 대하여 이야기하지는 않을 것이다. 대신에 단순히 '즐기기 위한 영화 보기'가 아닌 영화 보기가 가능하다는 것을 우리가 독서 모임에서 진행했던 책과 나의 개인적인 이야기를 바탕으로 이야기할 것이다.

또한 단순히 영화에 대한 이야기에서 머물지도 않을 것이다. 우리의 독서 모임, 혹은 독서 감상을 나누는 작업의 목적은 개인이 책을 읽고 느꼈던 바를 단순히 요약·정리해서 발표하는 것이 아니라, 같은 텍스트를 보고 느낌을 공유하며 각자의 생각과 고민을 나누며 나오는 다양한 생각을 발전시켜 실제 삶에 적용시키는 일이다. 이때 필요한 것은 내용 전달이 아니라 질문이다. 때문에 나는 세 권의 책을 보며(『영화 예술학 입문』, 『언젠가 세상은 영화가 될 것이다』, 『진중권의 이매진Imagine』) 생겨났던 영화에 관한 질문들을 제시할 것이고 그 질문에 대해 나름의 방식으로 답하려고 한다. 독자들도 각각의 질문에 생각해보길 바란다.

  <『영화 예술학 입문』- 배상준〉 영화의 탄생부터 제작방법, 배급 방법, 영화에서의 이야기 스타일, 그 외에 미장센이나 구도의 중요성, 편집, 몽타주 이론, 사운드, 연기, 장르 영화의 역사까지 말 그대로 영화의 전반에 대해 매우 기본적인 내용을 망라한 책이다. 나처럼 단순히 영화를 취미로 즐기려는 딜레탕트Dilettante라면 영화에 대한 아주 얇은 백과사전이라 보면 될 것이다. 내용이 깊지는 않지만 아마추어 영화인이 알아두면 좋을 내용이 빠짐없이 들어 있다.

  〈『언젠가 세상은 영화가 될 것이다』- 정성일〉 정성일 영화평론가가 쓴 영화에 대한 사랑을 담은 에세이집이다. 20세기에 영화를 가장 사랑한 한국인이 어떻게 영화를 느끼는지 파악할 수 있다(물론 21세기에도 여전히 영화를 열렬히 사랑하고 계시지만, 정통orthodox 영화인이란 의미를 담기 위해서 20세기란 표현을 썼다). 책의 제목을 바꿔 읽어보면, 정성일 평론가에게 영화는 또 다른 세상이다. 많은 책을 읽지는 못했지만 사람이 아닌 대상에 대한 사랑을 이렇게 통렬하게 느낄 수 있는 책은 읽어보지 못했다.

  〈『진중권의 이매진Imagine』- 진중권〉 영화라는 매체부터 영상매체의 미래에까지 생각을 확장하는 책이다. 매체의 가능성을 제한 없이 사고한다.

나의
짧은 영화사

　시작에 앞서 나의 영화사를 소개하고자 한다. 이유는 내 영화 감상 리스트를 자랑하기 위해서가 아니라 정반대로 나의 조촐한 영화 감상 경력을 밝힘으로써 나의 비전문성에 대하여 양해를 구하기 위함이다.

　내가 처음 영화관에서 영화를 본 것은 아마 〈미이라The Mummy〉일 것이다. 〈미이라〉의 개봉 연도가 1999년이니 내가 초등학교 3학년 때의 일이다. 가족과 갔던 기억이 난다. 아마 그전에도 영유아를 위한 영화를 어린이날 몇 차례 보았을 테지만(〈꼬마 돼지 베이브Babe〉를 보았던 기억이 어렴풋이 난다) 영화를 보기보단 옆자리의 이름 모를 친구와 놀았던 기억이 난다. 그 이후로 성탄절이나 추석, 설날에 TV에서 상영해주는 영화를 보았고, 고등학교 2학년 때까지 딱히 영화를 좋아하는 사람으로 나를 규정하지는 않았다.

　본격적으로 영화에 대해 관심을 갖게 된 것은 고등학교 2~3학년 때부터였다. 처음 혼자 영화를 본 것은 〈아기와 나赤ちゃんと僕〉이다. 그다음은 〈다크 나이트The Dark Knight〉였고 세 번째는 〈드레그 미 투 헬Drag Me to Hell〉이다. 이 리스트를 이리도 정확하게 기억하는 것은 이때가 고등학교 2~3학년이었고, 그 당시 야간 자율학습을 몰래 빠져나와 영화관에 혼자 가서 영화를 보았기 때문이다. 딱히 영화를 좋아해서 본 것이 아니라 청소년기의 일탈 심리로 그랬던 것으로 기

억한다. 〈다크 나이트〉를 아주 큰 상영관에서 보고 영화가 끝나자 혼자 손뼉을 치며 일어나던 기억과 〈드래그 미 투 헬〉을 보며 놀라지 않은 척하느라 힘들었던 기억이 아직도 생생하다. 휴대폰을 꺼 두고 감기에 걸릴 정도로 에어컨이 나오는 상영관 안에서 혼자 학교생활을 잊어도 되는 2시간가량의 시간에 대한 기억. 이렇게 야간 자율학습의 일탈 행위로 나는 영화에 대해 좋은 기억을 쌓아갔다.

대학생이 되어서는 주말이면 영화를 몰아서 보았다. 대부분이 시간 보내기용 영화였고, 제목이 흥미로워 보이는 영화를 위주로 닥치는 대로 보았다. 그러던 중 특별한 영화를 발견하였는데, 그 영화가 〈셰임Shame〉이다. 부끄럽지만 그 당시 나는 대부분 불법으로 영화를 보았는데, 문제는 영화를 올린 판매자가 실수로 영화의 설명에 다른 영화의 설명을 가져다 붙인 것이었다. 정확한 기억은 나지 않지만 아마 병맛 19금 영화로 아주 망한 작품이라는 설명이었다. 심지어 영화 제목도 전혀 엉뚱한 제목이었다. 그런데 웬걸. 나는 그 영화가 너무도 감명 깊었고 연기도 뛰어나다고 생각했다. 또한 현세대의 주요한 문제점을 명백히 짚고 있다고 생각했다. 영화가 끝난 후에도 주인공 마이클 패스밴더Michael Fassbender가 도시를 조깅하는 장면을 두 번 정도 반복해서 보았다. 나는 이 장면 하나가 이 영화를 대변해준다고 생각했고, 이 장면에 대해 깊게 생각했다. 장면을 어떻게 찍었는지, 감독이 어떤 디렉션을 주었는지, 도시의 번잡함에서 고독하게 떨어져 달리는 장면을 위해 어떤 노력을 기울였을지를 생각했다. 그리고 그것의 의미에 대해서도 생각했다. 그리고 나선 영화의 엔딩 크레딧을 보고 배우 이름을 검색해 이 영화의 제목이

〈셰임〉이란 것을 알았다. 〈셰임〉은 유명 영화제에서 남우주연상과 감독상을 받은 작품이었다. 병맛 영화에 졸작인 줄 알고 보았던 영화가 사실은 유명 영화제에서도 인정받았던 영화라는 걸 알고 나는 기뻐했다. 이 작은 해프닝은 남들에게 자랑할 일은 아니지만 내가 영화를 판단하는 데 나름 좋은 안목을 가지고 있다는 자신감을 주었고, 그 자신감은 내가 영화를 더 열정적으로 보게 되는 동기가 되었다.

이후로는 영화를 보는 데 영화제에서의 수상 경력이 있는 영화를 추가해보았다. 대부분은 정말 좋았고 어떤 것은 그렇지 못했다. 같은 해에 수상하지 못한 다른 작품이 수상한 작품보다 좋았던 경우도 많았다. 다만 좋은 영화에는 공통점이 있었는데, 그것은 관객에게 일종의 영향력을 끼친다는 사실이었다. 영화를 보고 나서 특별한 감정과 기분을 주었다. 어떤 영화를 보고 나서는 화가 나기도 하였고 어떤 영화를 보고 나서는 질문을 멈출 수가 없었다. 심하게는 윤리적 혼동을 주는 영화들도 있었다. 그것들은 기분 좋은 쪽으로든 좋지 않은 쪽으로든 오래 남아 있었다. 쉽게 이야기하면 영화를 보고 나서 질문이 남는 영화였다. 그 장면으로 다시 돌아가 그때 '왜 그렇게 찍었을까?', '그렇게 찍어야만 했던 이유가 있을까?'라는 질문을 하게 만들었다. 이런 질문들의 상당수는 아직 확실한 답을 얻지 못한 상태이다. 이는 아직 나의 부족함 때문이기도 하지만 어찌 보면 영화 예술이란 질문에 답을 얻기 위해서가 아니라 질문 자체를 하기 위해서 존재하는 게 아닐까 생각해보며, 내 개인적인 영화사의 일부를 마친다.

영화는
세상을 바꾸는가?

내가 전주국제영화제에 갔을 때의 이야기다. 어떤 평론가의 GV Guest Visit 시간이었다. 켄 로치Ken Loach 감독의 영화에 대한 이야기를 하던 도중이었다. 이 이야기는 그 평론가도 다른 사람에게서 전해들은 이야기로 기억하고 있다. (확실치 않다. 나는 그 당시 영화를 3~4편 연속으로 봤던 상태였다.) 어떤 평론가가 켄 로치에게 "영화가 세상을 바꾸는 데 기여합니까?"라는 질문을 했고 켄 로치는 "당연하죠"라고 대답했다는 것이었다. 이야기를 전하던 평론가도 "이 대답이 너무 당연하지만 충격적이었다"라고 전했고 나 또한 같은 감정을 느꼈다. 그것은 아마 이 질문에 대해 우리 스스로가 그러지 않을 수도 있다는 생각을 했기 때문일 것이다.

왜 켄 로치의 "당연하다"라는 대답이 당연할까? 그것은 영화가 예술작품이기 때문이다. 예술작품은 관객에게 질문을 던지고 관객에게 대답할 것을 요구한다. 위대한 작품일수록 그렇다. 관객에게 생각을 촉구한다. 나는 인류가 육체적 힘이 아니라 생각의 힘으로 세상을 더 나은 방향으로 바꾸고 있다고 믿는다. 따라서 생각을 촉구하는 영화를 만드는 일은 당연히 세상을 바꾸는 일이다. 영화라기보다 영상매체라고 생각하면 이해가 쉬울 것이다. 광고는 세상을 바꾸고 유튜브도 세상을 바꾼다. 이러한데 영화가 그러지 않을 것이라고 생각하는 것은 이상하다. 영화에서 정말로 무언가를 보기 시작하면 그 어떤 광고보다 더 급진적으로 세상을 바꿀 수 있다. 히틀러^{Adolf} Hitler와 같은 독재자가 대부분의 공산국가가 영상매체로 대중을 선동하는 것도 이런 이유 때문이다.

이렇듯 조금만 생각해보면 영화가 세상을 바꾼다고 동의할 수밖에 없다. 그럼에도 불구하고 사람들은 자신이 즐기는 영화에 대해 너무 쉽게 무가치하다고 생각한다.

생각 확장하기　영화만 그런 것이 아니다. 우리는 너무 쉽게 자신과 관련된 사람과 일을 의미 없다고 생각하는 경향이 있다. 자신의 가족, 친구, 선생님, 동료부터 자신이 하고 있는 일이나 자신의 생각, 능력이 가치가 없거나 작다고 생각하고 세상을 바꾸지 못하리라 생각한다. 하지만 이런 생각들은 단순히 생각으로 끝나지 않는다. 누군가가 어떤 대상을 무가치한 것으로 치부해버리면 그 생각은 거기서 끝나지 않는다. 이 생각 또한 세상을 바꾼다. 세상을 더 이상 바꾸지 않는 쪽으로. 그리고 그 무가치한 대상이 자기 자신이면 상황은 정말 심각해진다. 자기 파멸에 이르는 잘못된 생각이다.

영화가 세상을 바꾸느냐는 질문은 엄숙하다. 그것은 세상이란 단어가 너무 커서 세상을 크게 바꿔야 한다는 생각 때문일 것이다. 하지만 그렇지 않다. 세상을 바꾸지 못한다는 믿음조차 쉽게 세상을 바꾼다. 반대도 성립한다. 세상을 바꾼다는 믿음 역시 세상을 바꾼다. 적어도 당신이 "나는 영화를 좋아해"라고 말하는 사람이라면 당신도 영화가 세상을 바꾸고 있다고 말하고 있는 셈이다.

영화는
오락인가?

많은 사람들은 영화를 취미활동으로 구분한다. 여기서 '취미'는 단지 시간 때우기로 볼 수 있다는 의미를 포함한다. 이들이 영화를 보는 이유는 롤러코스터를 타는 것과 같은 이유에서다. 사람들은 현실에서 느끼기 힘든 스릴을 느끼기 위해 잠시나마 간접 체험을 통해 재미있는 이야기를 보고 듣고 즐긴다. 이들에게 영화는 오락이다.

물론 나도 영화를 처음 접하였을 때 시간 때우기용으로 접하였다. 그리고 지금도 대부분의 영화를 볼 때 재미있는 줄거리를 즐기기 위해 본다. 내가 굳이 노력하지 않아도 재생 버튼만 누르면 이야기는 시작되고 나는 그저 즐기기만 하면 된다. 그렇게 수십, 수백 편의 영화를 보다가 알게 되었다. 단순히 즐기기 위해서 영화를 보는 것은 영화의 반(?)만 보는 것이라는 것을. 내가 좋다고 생각하던 영화를 두 번 보고 세 번 볼 때 영화 속에 숨겨졌던 의미를 발견하게 되었다. 처음 볼 때 웃겼던 장면이 다시 보면 잔인했고, 처음 볼 때 슬펐던 장면을 다시 볼 때 분노의 감정을 느끼기도 하였다. 이렇게 한 장면의 의미가 처음과 두 번째 볼 때 달라지는 장면에는 의미가 있었다. 감독의 의도가 있었다. 나는 감독의 의도를 혼자서 추측하였다. 이 나름의 해석을 주변 사람들에게 들려주면 말도 안 되는 해석이라고 할 때도 있었고 과도한 해석이라 질타 받을 때도 있었다. 하지만 나는 이 과정을 통해 영화를 내 나름의 방식대로 감상하고 있었다. 이렇듯 나에게 영화는 틀려도 되는 답을 할 수 있는 질문 덩어리이다.

이처럼 나는 영화를 즐기는 데 적어도 두 가지 방식이 있다고 믿는다. 하나는 오락처럼, 게임처럼 단순히 즐기기 위해서 영화를 보는 방법이다. 다른 하나는 영화가 나에게 던지는 질문들을 찾아내고 그것들을 나름대로 생각해보는 방식의 영화 보기이다. 앞서 이야기 했지만 많은 사람들은 첫 번째 방식으로 영화를 본다. 사실 첫 번째 방식으로 보기를 '고집'한다. 첫 번째 방식으로 보는 것을 선호하는 것은 문제가 없지만 첫 번째 방식만을 고집한다면 상황은 심각하다. 영화를 보는 다른 대안이 분명히 있는데도 편안한 한 가지 방법만 고수하는 것은 옳지 못하다.

생각 확장하기 이는 역사에서도 여러 번 검증된 문제이다. 인류가 겪은 비참한 전쟁들은 답을 몰라서가 아니라 답이 유일하다고 확신하는 바람에 생겨났다. 하나의 대상을 하나의 목적으로만 사용(해석) 가능하다는 생각 또한 마찬가지이다. 역사의 답이 하나이고 정치적 문제의 답이 하나라고 생각하고 타협하지 않는 행위는 폭력을 낳는다. 그 대상이 생명력이 있는 대상이면 더 폭력적이게 된다. 여성에게 특정한 역할만을 강요하고, 피해자의 상황을 고려하지 않고 피해자다움을 강요하는 세상은 옳지 못하다.

자신이 좋아하는 영화를
당당하게 말할 수 있는가?

영화 마니아 사이에서 당당히 좋아한다고 말하기 껄끄러운 영화가 있다. 가장 좋아하는 영화가 무엇인지 질문을 받았을 때 제일 먼저 생각나지만 당당히 말하기 어려운 그런 영화가 있다. 장르 영화가 특히 그렇다. 이런 영화를 좋아한다고 이야기할 때 상대는 "이걸 좋아해?"라고 물을 것 같고 나는 마치 변명하듯이 "아, 내 취향이 이래"라고 말해야 할 것 같다. 이렇게 취향이라는 단어를 말할 때 왠지 모르게 약간은 방어적이 된다.

내게도 당연히 그런 영화가 있다. 곽재용 감독의(〈엽기적인 그녀〉그리고 정재영과 이나영이 출연한) 〈아는 여자〉가 내게 그런 영화다. (한편에는 감독을 다른 한편에는 배우의 이름을 적은 것은 내가 앞의 영화에서는 곽재용 감독의 이야기를 좋아하고 둘째 영화에서는 정재영과 이나영 배우의 연기를 좋아하기 때문이다.) 나조차도 누군가가 제일 좋아하는 영화가 무엇이냐 물었을 때 이 영화들을 말해본 적 없다. 그렇지만 아무리 생각해도 이 영화를 좋아하느냐 물었을 때 아니라고 말할 자신이 없다. (내가 제일 좋아하는 영화가 무엇이냐고 누군가 나에게 묻는다면 나는 가장 추천해주고 싶은, 많은 사람들이 보지 않았지만 정말 좋은 영화를 말한다. 〈어 퍼펙트 데이A Perfect Day〉, 〈빅 피쉬Big Fish〉, 〈우리들The World of Us〉 같은 영화 말이다.)

반대로 나는 만나는 사람에게 쉽게 가장 좋아하는 영화가 무엇이냐 물어본다. 이때마다 나는 혼자 그 사람의 마음을 상상해본다. '이 사람도 당장 생각나는 영화가 있지만 조금 더 있어 보이는 영화를 말하기 위해 고민하고 있을까?' 생각해본다. 대부분의 경우 그럭저럭 좋은 영화를 말한다. 사실 어떤 영화를 말해도 내가 좋아하는 영화와 같기를 기대하며 물어보는 것이기에 계속 질문하는 나도 참 이상하다.

오히려 많은 사람의 답변을 들어보면 가장 참신한 대답은 가장 말하기 껄끄러운 '취향'을 드러내는 답이다. 내게는 〈아는 여자〉, 〈엽기적인 그녀〉 같은 영화를 가장 좋아하는 영화로 너무도 자신 있게 말하는 그런 사람이 있다. 취향을 들키지 않고 타인의 틀에 맞추기 위해서 선별하는 나보다 영화를 더 순수하게 좋아하는 사람이 아닌가 생각한다.

생각 확장하기　영화에서만 자신의 취향을 숨기는 것이 아니다. 많은 경우 우리는 자신의 진심을 말하기를 꺼린다. 다른 사람의 눈치를 보며 왠지 있어 보이는 책을 좋아한다고 말하거나 있어 보이는 음악을 좋아한다고 말한다. 타인의 눈치를 보며 좋아하는 취미를 말하는 것은 어쩌면 그리 큰 문제는 아니다. 가끔 어떤 사람은 자신의 진로 혹은 직장을 택할 때도 자신의 진심보다는 타인의 눈치를 본다. 자신이 사랑하는 사람과의 결혼을 결정할 때도 자신의 마음을 짚어보기보다 다른 이의 시선을 신경 쓰기도 한다. 인간이 사회적인 동물이기에 타인의 의식을 신경 쓰지 않는 것은 힘든 일이다. 그렇지만 순수하게 자신의 인생을 사랑한다면 자신의 진심을 당당히 말해보고 그에 따라 행동해보는 것은 어떨까?

영화를
볼 것인가 말 것인가?

　영화를 좋아한다고, 영화에 대해 같이 이야기하자고 지인들에게 말하길 좋아하는 내게 가끔씩 어떤 영화를 볼지 추천해달라는 고마운 질문을 하는 이들이 있다. 그럴 때면 나는 상대의 영화에 대한 수준과 심미안을 내 나름대로 상상해 내가 보았던 영화를 몇 작품 추천해주고는 한다. 때로는 추천해준 영화가 좋았다고 감사 인사를 받는다. 때로는 왜 이런 영화를 추천해주었냐고 핀잔을 듣기도 한다. 어떤 사람들은 추천해주고도 핀잔을 듣는 이런 상황을 마주하면 속상해 한다. 하지만 나는 속이 상하지 않는다. 이 민망한 상황의 잘못(?)은 추천을 구한 상대에게도 나에게도 있는 것이 아니다. 굳이 따지자면 추천을 해주는 나와 추천을 바라는 상대와의 친밀도 문제일 것이다. 이러한 미스Miss 커뮤니케이션은 영화 추천과 같은 일 말고도 더 심각한 경우도 허다하다. 그렇기에 나는 이런 일에 신경을 쓰는 편이 아니다.

　내가 정말로 속이 상하는 경우는 지인이 내 생각에 별로일 것 같은 영화를 보고 와서 그 영화가 별로였다고 말하는 경우다. 앞의 경우와 반대의 경우인 것이다. 내가 추천해서가 아니라 내가 추천해주지 않아서(비추천) 생기는 문제이기 때문이다. 보라고 해서가 아니라 보지 말라고 말하지 않아서 생기는 문제이다. 이는 사람들이 좋은 영화를 추천 받는 데는 익숙하지만 별로인 영화를 거르는 데는 익숙하지 않기 때문에 생기는 해프닝이다. 봐서 좋을 영화가 있으면 (추천 영화) 봐서 나쁠 영화도 (비추천 영화) 있다. 한정된 시간만을 사는 인간의 숙명적 조건을 생각해보면 우리는 시간을 가능한 한 값지게 사용하여야 한다. 따라서 비추천 영화를 보는 일은 매우 기분 나쁜 일이어야 한다. 말 그대로 시간을 낭비하는 행위이기 때문이다.

이 속이 상하는 문제를 해결하기 위해서 나는 지인들에게 영화를 보기 전에 꼭 전문가 평점을 보고 영화를 볼지 말지를 고민하라고 조언한다. 자신만의 특정 기준을 정해놓고, 그 기준 이상의 전문가 평점을 받은 영화만 본다는 원칙(?)을 세우면 시간 낭비에 가까운 영화를 대부분 거를 수 있다. 영화평론가의 가장 기본적인 일이 제대로 된 영화와 아닌 영화를 분별해주는 일이다. 따라서 평론가의 평점을 보고 영화를 선택하는 것은 평범한 개인이 영화를 분별하는 일보다 더 믿을만하고 합리적이다.

생각 확장하기 어떤 영화를 볼지 말지와 같은 문제는 도처에 널려 있다. 우리는 수도 없이 이런 선택을 한다. 어떤 책을 볼지 말지 결정하고, 어떤 음악을 들을지 말지 결정한다. 인터넷을 통해 많은 정보를 습득하게 되는 요즘에는 어떤 뉴스를 볼지 말지, 어떤 동영상을 볼지 말지, 어떤 물건을 사기에 앞서 그에 대한 광고를 볼지 말지 선택한다. 인터넷 세계에서 이 결정은 클릭이다. 이제는 마우스 혹은 트랙패드를 통해 뉴스, 동영상, 광고를 클릭하는 게 익숙해졌지만 이 '클릭'이라는 행위의 의미는 크다. 우리가 그것들을 '볼지 말지'를 택하는 결정의 순간인 것이다.

이런 선택을 할 때 대부분의 경우 서비스 제공자에게 의존한다. 뉴스의 경우에는 포털에게, 유튜브의 경우에는 구글^{Google}의 추천 알고리즘에, 광고의 경우에도 대부분의 경우 추천 알고리즘에 의존한다. 즉, 우리는 서비스 제공자의 이해관계에 따라 선택(클릭)을 권유받는다. 포털의 뉴스는 너무 쉽게 클릭하게 만드는 자극적인 헤드라인으로 가득하고, 유튜브는 자극적인 썸네일^{Thumbnail}로 도배된다. 광고는 광고주의 자금력에 따라 타겟팅되어 소비자에게 노출된다. 그렇다고 해서 영화를 볼지 말지 결정할 판단 기준인 평론가의 평점과 같은 지표가 아예 없는 것은 아니다. 하지만 위 서비스를 이용할 때 너무 쉽게 서비스 제공자가 자본의 의도에 따라 추천하는 콘텐츠만을 클릭하고 있는 것은 아닐지 생각해봐야 한다. 합리적으로 시간과 돈을 소비하는 것이 아니라 소모하고 있는 것은 아닐까? 영화를 볼 때마다 볼지 말지 고민해야 하는 것처럼 인터넷상에서 클릭하기 전에 조금 더 철저히 고민을 해야 하는 것은 아닐까?

마치며

나의 짧은 영화사와 더불어 영화에 관련한 질문들을 둘러 가며 영화에 대한 나의 사랑과 생각을 소개하였다. 이를 바탕으로 얻은 몇 가지 교훈을 삶에 적용해보기도 하였다. 조금 길게 풀어 쓴 글이지만 간단히 나의 바람을 말하자면 다음과 같다. "나는 많은 사람들이 영화를 단순히 놀이로 즐기기보다 생각의 도구로 즐기기를 희망한다."

마지막으로 한마디 더. 지성인은 항상 대중보다 조금은 예민한 사람이라 들었다. 진지하지 않아도 될 것에 진지하고 때로는 너무 감정적이며 더 불편함을 잘 느낀다. 그래서 요즘에는 진지충, 감성충, 프로불편러라는 말이 있다. 나는 이 말을 긍정한다. 적극적으로 받아들인다. 사람들의 눈엔 조금 유별난 사람이지만 그게 나인 걸 어쩌나. 이미지에 무감각해지는 것보다 차라리 약간의 조롱 섞인 말을 긍정하며 내가 사랑하는 영화를 보고 싶다.

독서 모임에서 진행한 주제별 독서 시즌 1에서 나는 '대학'을 주제로 삼았다. 그 주제를 화두로 던졌던 이유를 돌이켜보면, 대학＋대학원 도합 최소 10년 정도 대학인스으로 살아갈 미래를 생각했기 때문이었다. 결국 '나는 누구인가'라는 질문이었다. 하지만 그때는 이 질문에 뚜렷한 답을 찾지 못했다. 그리고 이제 대학원 생활을 마무리하는 시점에서 다시 그 질문을 던질 수밖에 없었다.

나는 대학원생이다. 이른바 이공계 중심대학의 대학원을 다니는. 이공계 대학원의 근본적인 존재 이유를 따진다면 아마 과학자를 양성하는 일일 것이다. 그러면 대학원을 졸업하면 나는 과학자가 되는 것일까? 그러면 아직 졸업하지 않은 대학원생들은 과학자가 아닌 것일까? 참으로 쓸데없는 질문들처럼 보인다. 그런데 나는 그게 궁금했다. 이건 우리 이공계 대학원생의 '정체성'에 관한 질문이기 때문이다.

과학자는 누구인가?
우리는 과학자가 아닌가?

    모든 이공계 대학원생들이 직업인으로서 과학자의 삶을 꿈꾸지는 않는다. 이공계 대학원을 졸업하고 나서 교육 콘텐츠 사업가가 되거나 루시드 폴처럼 감귤 농사를 짓는 가수가 되기도 한다. 하지만 대부분은 자신의 전공 및 연구 내용을 살릴 수 있는 과학자로서 살아가는 걸 바랄 것이다. 그런데 우리는 어떤 과학자를 생각하고 있는 걸까.

    내가 가지고 있던 '과학자'의 이미지는 몇 단계를 거쳐 진화해왔다. 어릴 때는 위인전에서 본 달걀을 품고 있는 에디슨을 떠올렸고, 조금 더 커서는 아인슈타인을 닮은 얼굴에 흰 가운을 입고 플라스크를 들고 있는 모습을 떠올렸다. 비교적 최근까지도 뉴스 기사에서 실험실을 소개할 때면, 흰 가운을 입은 채 실험 연기(?)를 하는 모습을 사진으로 찍어가고는 했다. 그렇다면 가장 최근에는? 사실 과학자냐고 물어보지 않는다면 일반인과 구분할 수 없을 정도이고, 연구 성과를 다루는 기사에서도 잡지 표지 사진 속 인물들처럼 멋있는 포즈를 취한 사진들이 실리고는 한다. (물론 실험을 할 때 우리의 모습은 그렇게 멀끔하지 만은 않지만) 교수님들조차도 과학자라기보다는 회사 CEO에 더 가까워 보인다. 노벨상 수상 후보로 매년 언급되는 '스타' 과학자들의 연구 여정과 훌륭한 연구 성과를 보면, 그런데 대부분 대학의 교수이거나 연구소에서 일하는 연구원이다. 언론에서 이런 분들을 과학자라고 소개하는 게 가장 큰 이유겠지만 이처럼 우리 사회는 직업 과학자(라고 하지만 대부분 교수)를 과학자와 동일시한다.

과학자의 이미지를 고민하던 중에 『과학자가 되는 방법』이라는 책을 만났다. 작가가 스스로 밝히는 것처럼 '21세기 과학자에 대한 현실적 이해를 추구하는 실전 가이드북'이다. (이공계 대학원에 관심이 있다면 꼭 읽어보기를 권한다.) 이 책은 과학자를 다음과 같이 정의한다.

> "기여의 정도와 상관없이 삼라만상에 대해 인류가 모르는 어떤 사실을 조금이라도 밝혀 인류의 지식 체계에 추가하는 활동을 과학 연구로, 그리고 과학 연구에 종사하는 사람을 과학자로 정의할 것이다. 즉, 과학연구의 본질은 '인류가 한 번도 경험해보지 않았던 미지의 지식'을 획득하는 과정이며, 연구의 중요성은 이렇게 획득된 새로운 지식의 양과 직접적으로 비례하여 평가된다."[*]

다소 추상적이기는 해도 저자가 정의한 과학자는 일반적인 상식을 크게 벗어나지 않는다. 과학적 방법을 이용해 새로운 지식을 창

---

[*] 남궁석, 『과학자가 되는 방법』, 이김, 2018, p.16.

출하는 사람이 과학자라는 것이다. 그러면 대학원생은 과학자에 포함되는 걸까. 인터넷에서 '과학자'와 '대학원생'을 함께 검색해봤다. 과학기술정책연구원에서는 대학원생과 박사후연구원을 포함하여 '청년과학자'라는 표현을 사용하고 있었다. 아하, 우리는, 나는 청년 과학자로구나. 더 나아가 이른바 청년과학자 육성과 지원을 위한 설문조사와 정책 논의가 이미 진행되고 있고, 자그마치 100페이지가 넘는 보고서가 나와 있었다. 그런데 청년과학자라는 단어가 마음에 와 닿지 않았다. 아마도 대학원생과 박사후연구원을 함께 이야기하기에 적합한 단어를 고른 것이라 이해는 되었지만, 한편으로는 과학자도 아니라는 말이었기 때문이다.

대학원생은 분명 직업 과학자가 아니다. 더군다나 과학자를 '독립적인 연구를 할 수 있는' 연구자로 한정한다면 더더욱 아니다. 연구에 필요한 실험들에 어느 정도 숙련되기까지는 지도 교수의 지도와 실험실 구성원 선배의 도움이 필요하고 끝없이 배워야 하는 '학생'이기 때문이다. 하지만 부정할 수 없는 사실은, 현대 과학에서 연구를 실질적으로 수행하는 사람 중에 대학원생이 많다는 것이다. 통계적으로도 과학/공학 연구의 50%가량 대학원생과 박사후연구원이 참여하고 있다고 한다. 연구의 핵심 아이디어는 주위의 지도와 도움에서 나왔더라도, 이를 실제 실험으로 확인하고 결과를 얻는 과정에서 피할 수 없는 땀과 눈물은 대학원생들의 것이다. 배우는 사람이면서도 실질적으로 과학의 지평을 넓히고 창조하는 사람이기도 하다. 이러할진대 대학원생이 과학자이든 과학자가 아니든 별 상관이 없는 것일까?

나는 오히려 대학원생들에게 과학자로서의 정체성을 강조해야만 한다고 생각한다. 이상적인 이야기라는 것은 나도 잘 알고 있다. 대학원생들의 가장 중요한 고민은 진로 고민이고, 그 다음은 연구 고민이라는 것을 누구보다 잘 안다. 내가 그 당사자이니까. 그런데도 과학자로서의 대학원생, 대학원생인 과학자를 이야기하는 것은 대중에게 잘 보이지 않지만 과학 연구를 묵묵히 이어 가는 수많은 이들 중에 대학원생도 있음을 알아주었으면 하는 바람 때문이다. 과학 기술의 중요성과 영향력이 더 커지고, 연구자로서의 연구 윤리Research ethics, 더 나아가 대학원생들에게 기업가 정신Entrepreneurship을 요구하는 상황에서, 정작 이공계 대학원이 전수해야 할 과학자 정신Scientistship 쯤 될까은 이야기되지 않는 현실이 안타까운 것이다. 나는 연구의 결과물과 평가로 과학자가 되는 것이 아니라 연구 과정 자체가 과학자로서의 삶임을 인정받을 수 있기를 바란다. 박사 학위는 자격이지만 과학자는 자격증이 아니다.

내가 하고 있는 연구는 무엇인가.
과학과 공학 사이

과학자라는 단어로 질문을 시작하기는 했지만, 나는 '과학을 하는 건가 공학을 하는 건가?'라는 의문이 들 때가 있다. 실험실에 갈 때마다 드는 생각이다. 현대 과학이 융합 학문인만큼 이처럼 무의미한 질문이 있는가 싶을지도 모른다. 하지만 국가에서 지원하는 연구 과제에 응모하기 위한 제안서를 쓰다보면 상당히 실질적인 질문이 된다. 자연 과학 혹은 공학 분과 둘 중 하나를 선택해야 하기 때문이다. 그럴 때면 우리는 전략적 선택을 한다. 출제자의 의도에 맞춰 문제를 풀어야 하듯이, 우리는 과제에 맞춰 과학을 연구하는 실험실 혹은 공학을 연구하는 실험실로 탈바꿈하는 것이다.

'과학이냐 공학이냐'라는 문제 아닌 문제는 대학교 3, 4학년 때도 맞닥뜨렸다. 졸업 논문 준비를 위해 화학과 실험실에서 인턴 생활을 하던 어느 날이었다. 그날 지도 교수님께서 해주신 말씀을 아직도 잊을 수 없다.

"왕석이 너는 과학을 할래, 공학을 할래?"

정확한 문장은 아닐지라도 핵심은 그랬다. 물론 그 당시에는 "왕석이 너 대충 실험할래?"라고 들리기는 했지만. (공학을 낮춰서 이야기 하는 것이 아니라, 내가 인턴 생활을 했던 연구실에서 화학 물질 합성은 특히나 더 꼼꼼함과 엄밀함을 요구했기 때문에 하는 말이다.) 교수님은 그냥 가볍게 던지신 질문이겠지만 그 질문은 대학원에 입학한 이후에도 항상 나를 따라다녔다. 학과 이름에서부터 공학을 하는 느낌을 풍기는 신소재 공학부에 왔지만 '내가 하고 있는 연구가 공학인가, 하고 싶은 연구가 공학인가, 공학이 뭐지?' 이런 생각들이 끊이지를 않았다. 그러면 대학원에서 나는 무엇을 해왔던 것일까. 내가 출판한 논문으로 알 수 있을까? 잠시 검색을 해보니 논문이 출판된 분야는 Interdisciplinary 다학제적인이다. 정말 편한 분류 방법이지 않은가.

이런 비효율적인(!) 고민을 할 필요가 있나 싶기도 했다. 그 시간에 열심히 실험하고 더 열심히 논문을 많이 쓰는 게 중요할 테니까.

하지만 내게는 이 문제가 중요했다. 과학과 공학을 나누고자 하는 게 아니라, 내가 무엇을 하고 있는지를 스스로 이야기하고 싶었기 때문이다. 그런데 사실 이런 의문은 (당연한 이야기지만) 나만 가지고 있던 것이 아니었다.

선배 과학자/공학자들은 이미 과학과 공학의 차이점을 각자의 언어로 수차례 밝혀왔다. 공학자 헨리 페트로스키Henry Petroski의 『공학을 생각한다』에서 이를 다룬 부분들을 요약해보면 다음과 같다.[*]

> 과학은 '아는 것'과 관련된 반면, 공학은 '하는 것'과 관련된다.
> 과학은 '경고하는 것'이고, 공학은 '고치는 것'이다.
> 과학은 '고상한' 반면 공학적 업적은 '실용적'일 뿐이다.
> 과학은 '왜'를 이야기할 수 있지만 '어떻게'를 말하지 못한다.
> 어떻게는 분명 공학에 속한다.
> 과학은 '이미 있는 것'의 연구이지만, 공학은 '결코 없었던
> 것'의 창조다.

들어보면 다 일리가 있다. 일반적으로 과학은 자연의 진리를 밝히는 것, 공학은 과학에서 밝힌 것을 응용하는 것이라는 생각이 있는데, 그게 편견만은 아닌 듯하다. 한편으로는 과학과 공학이 서로 우월함을 드러내려는 경쟁처럼 보이기도 한다. 하지만 과학자들조차 자신이 세운 과학적 가설을 검증하기 위해 이때까지 존재하지 않았

---

[*] 헨리 페트로스키, 『공학을 생각한다: 과학 뒤에 가려진 공학의 재발견』, 반니, 2017.

5. 독서 모임이 남긴 흔적들 다시 쓰기

던 인공물을 만들기도 한다. 그러면 구분은 더 모호해진다. 공학은 문제 해결에 적합하도록 '설계'하고 제조하는 활동이 핵심이기 때문이다. (실제로 공학 설계라는 교과목은 있지만 과학 설계라는 교과목은 보이지 않는 듯하다.)

이쯤에서 내 연구 주제를 돌아보았다. 내가 하고 있는 연구는 수 나노미터 크기의 구멍이 아주 많이 있는 얇은 필름을 '만들고', 그 구멍 안에 효소라는 자연계의 고성능 물질 변환기를 집어넣은 뒤, 그 안에서 일어나는 현상을 '살펴보는' 것이었다. 그리고 이 효소가 들어 있는 필름을 이용해서 의약품을 만드는 데 필요한 원자재 물질을 만드는 데 '응용'해보고자 했다. 이건 과학일까, 공학일까, 선택 혹은 판단이 필요했다. 그 판단에 따라 내가 어떤 실험을 해야 할지, 어떤 식으로 다른 연구자들을 설득해야 할지, 어느 저널에 투고할지 방향이 정해질 것이기 때문이다. 선배 과학자/공학자들에게는 직업 철학의 문제였겠지만 대학원생에게는 매우 현실적인 문제가 될 수도 있는 것이다.

상대적이고
불안하게 흘러가는 시간

'언제쯤 졸업하니?'라고 누군가 묻는다면 뭐라고 이야기해야 할까. 사실 '언제'라는 단어는 복합적이다. 얼마나 오래 걸리는지를 뜻하는 '기간'과 어떤 역량을 갖추어야 하느냐는 '조건'을 동시에 뜻하기 때문이다. 그리고 한편으로는 극단적이다. 빠른 시일 내에 바라던 바가 이루어지리라는 기대감을 담고 있으면서도 누구도 결과를 기약할 수 없기에 쉽게 떨쳐버릴 수 없는 불안함을 함께 담고 있으니까.

대학원생으로 보내는 시간은 자신을 더 발전시킬 수 있는 시간이기에 충분히 투자할 가치가 있다. 하지만 사람은 본래 계산적인 존재여서인지, 지금 내가 살아가는 시간과 내가 했을 다른 선택에서의 시간을 저울질하게 되고는 한다. 여기에 내가 보내는 오늘과 다른 사람들의 오늘도 저울에 올라 평가받을 준비를 한다. 저울질 하는 시간 동안 누군가는 친구가 받을 보너스에 배가 아프고, 결혼한다는 친구의 이야기에 축의금을 걱정하기도 하며, 한편으로는 코로나의 여파에서 조금은 자유로운 것을 감사히 여길 것이다. 분명히 같은 시간대를 살아가고 있지만, 혹은 살아갈 것이라 믿어 의심치 않았던 이들과 약간은 다른 삶을 살고 있다는 것을 느낄 때 대학원생에게 시간의 무게는 조금 더 무겁게 다가온다.

내가 시간을 저울에 올려놨다 내려놓는 일을 반복하고 있는 게 주위에서도 느껴지는지, 가끔 "공부 잘 돼 가나?"라고 안부를 묻는 질문을 받곤 한다. 그러면 나는 두 가지 감정을 느낀다. 아직 사회생활을 시작한 건 아니어서 다행이라는 감정과, 공부를 아직 하고 있다는 것에 대한 불편함. 대학원을 졸업할 때가 되면 뭔가 답이 나올 줄 알았다. 착각이었다. 오히려 졸업을 준비하면서 직접 마주해야 할 사회인으로서의 삶이 가깝게 느껴졌다. 예상할 수 없다는 것뿐만 아니라 '어떤 곳에서 나를 찾아 줄까?' 하는 불확실성이 스멀스멀 나를 감싸왔다. 취준생이라면 누구나 느끼는 것일 테다. 내가 연구하는 주제가 이른바 연구 시장에서 사장되어 가는 건 아닐까, 취업과는 거리가 멀어서 박사 학위를 따고도 곤란해지지는 않을까 하는 생각들. 실제로 2020년 한국연구재단에서 실시한 설문 조사 결과에 따르면, 대학원생 및 박사후연구원들이 가장 큰 고민으로 '졸업 후 진로에 대한 불확실성'을 꼽았다고 한다. 모든 대학원생(그리고 박사후연구원)들이 매년 겪는 일이라는 걸 깨달으니 더 씁쓸했다.

나를 비롯한 이공계 대학원생과 박사후연구원들이 느끼는 불확실성은 경제학의 관점에서도 연구가 되었다. 경제학자 폴라 스테판Paula Stephan 교수는 『경제학은 어떻게 과학을 움직이는가』에서 과학자와 공학자를 위한 '시장'을 이야기하며, 이 시장은 여느 시장과는 여러 측면에서 다르다고 강조한다. 일반적인 직업군에 비해 인력이 배출되기까지 걸리는 시간이 극단적으로 길고 학위 취득에 드는 비용도 막대하다. (평균적으로 석사 2년, 박사 4년, 박사후연구원 2년이라 가정해도 대략 8년가량 걸린다.) 특히 과학기술은 하루하루 빠르게 변화하지만 학위 과정은 오랜 시간이 걸리기에 구직 시장 전망도 졸업 시점마다 달라 쉽게 예측할 수 없다. 내가 학위 과정을 하는 동안 이른바 'HOT' 한 분야가 졸업하고 나서는 'COOL' 해질지 어느 누구도 알 수 없는 것이다. 또한 소위 '과학자/연구자 시장'은 유학과 이직 등에 따른 연구자의 이동으로 인해 국제적으로 상호 연관된 시장이어서 불확실성이 더욱 커진다고 지적한다. 하지만 과학자의 공급을 늘리면서도 그에 걸맞게 일자리를 창출하자는, 다소 예상 가능한 해결책을 제안하는 점은 현직 대학원생으로서 아쉬웠다.

이런 고민이 쌓여갈 즈음 만난 책이『사람, 장소, 환대』였다. 고백하자면 이 '환대'라는 단어에 꽂혔다. 이 책은 제목에서 엿볼 수 있듯이 사람, 장소 그리고 환대라는 세 가지 키워드로 우리가 살아가는 사회를 비춰본다. 나는 그 키워드들의 관계를 이렇게 이해했다. ① 우리는 인간으로 태어난다, ② 인간은 '환대'를 통해 사회에서 각자의 장소를 갖는다, ③ 그 순간, 인간은 사람이 된다. 그리고 핵심 메시지는 서로를 조건 없이 한 '사람'으로서 인정하고 받아들이자, 즉 무조건적인 환대가 필요하다는 것이었다. 저자는 차별 받거나 소외되는 사람들이 없는 사회를 만들어 나가자는 이야기를 의도했겠지만, 엉뚱하게도 나는 대학원생들도 사람으로서(?) 환대해달라는 의도적인 오독을 하고 싶었다. 대학원생이 사회적으로 소외된 존재는 아니지만, 여러 차원에서 느끼는 경계성 혹은 애매함이 누군가에게는 소외감으로 받아들여질 수도 있다. 과학 연구를 하고 있지만 과학자는 아니고, 과학과 공학의 경계에서 왔다 갔다 할 수밖에 없으며, 가방 끈의 길이에 비례해서 커지는 불확실성을 감내해야만 한다. 그런데 환대라는 단어를 곱씹어볼수록 결국 대학원생을 '사람'으로 만드는 것은 다른 누군가의 환대가 아님을 깨달았다. 내가 치열하게 고민하고 실험으로 극복하면서, 과학을 하는 과학자로서 서 있을 수 있는 장소를 스스로 만드는 수밖에 없다는 깨달음, 결국 나에게로 돌아갈 수밖에 없었다.

대학원생은
어디로 가는가

다시 이 글의 제목이자 처음 던졌던 질문으로 돌아가보자.

'대학원생은 언제 과학자가 되는가?'

어쩌면 가장 중요한 질문 한 가지 혹은 두 가지가 빠진 것 같다. '**어떤**' 과학자가 될 것인가 그리고 '**왜**' 과학자가 될 것인가 말이다. 나는 이 글을 박사 학위 졸업 심사를 1주일 앞두고 쓰고 있다. 학위 과정 마지막의 코앞에 서 있는 것이다. 그러면 나는 그 질문들에 답할 준비가 되어 있을까. 솔직히 말해 나도 잘 모르겠다. 하지만 내가 지금까지 대학원생으로 지내면서 분명하게 느끼고 확인한 것은 한 가지가 있다. 그리고 그 한 가지를 『과학자가 되는 법』에서 완성된 문장으로 보게 되어서 놀라웠다. 여기에 그 내용을 짧게 소개한다.

> "내가 한 발견들이 교과서나 뉴스에 소개될 만한 일은 아니라 할지라도, 과학자로서 당신이 한 발견은 적어도 인류의 지식에 한 자를 추가한다는 자부심을 가지게 할 것이다. 세상의 수많은 직업 중에서 '내가 살아온 흔적'을 인류의 지식이라는 형태로 후대에 남길 기회를 얻는 직업은 생각만큼 많지 않다."[*]

---

[*] 남궁석, 앞의 책, p.319.

그리고 또 하나 확실한 건 여기서 멈추지는 않을 것이라는 점이다. 나를 포함한 모든 이공계 대학원생 그리고 미래의 이공계 대학원생들이 이 질문에 대한 답을 스스로 발견할 수 있기를 바란다.

카뮈가 남긴

강렬한 무언가를 찾아서

　알베르 카뮈Albert Camus를 처음 만난 건 그의 대표작 중 하나인 『이방인』을 통해서다. 처음 들어보는 작가가 쓴 기이한 내용의 이 소설은 나에게 강렬한 인상을 남겼다. 그러나 대체 어떤 이유로, 무슨 수를 썼기에 내게 그런 인상을 남겼는지 전혀 알 수 없었다. 이런 경험은 처음이었다. 카뮈를 만나기 전까지 나는 흔히 고전으로 분류되는 소설을 좋아했다. 위대한 작가가 집필한 소설 속에는 시대를 관통해 지금까지 이어지는 유의미한 삶에 대한 통찰이 담겨 있었다.

그리고 나는 그것을 찾아 읽는 재미에 빠져 있었다. 그러나 카뮈의 『이방인』은 뭔가 달랐다. 내가 여태까지 소설을 읽어온 틀에 넣어 이해하려고 하면 나를 비웃으며 해석을 차단해버렸다. '이게 대체 뭐지? 주인공은 대체 왜?'라는 생각은 계속 떠오르는데, 소설은(혹은 『이방인』은) 나를 비웃기라도 하듯 침묵하고 있었다. 소설의 주인공은 마치 거대한 바다 위에서 목적 없이 표류하는 것 같았다. 만약 내가 다른 소설에서 이런 의문이 들었다면 얼마 읽지 못하고 지쳐서 책을 덮었을 것이다. 하지만 『이방인』에 묘사된 강렬한 태양과 그 아래에서 발사된 강렬한 한 방은 나를 돌아설 수 없게 만들었다. 나는 내 머릿속에 떠오르는 질문에 대한 답을 찾기 위해 카뮈에 대해, 그리고 『이방인』에 대해 조사하기 시작했다.

다행히도 카뮈는 『시지프 신화』라는 열쇠를 만들어 뒀다. 『시지프 신화』는 카뮈의 생각을 직접적으로 담은 철학 에세이다. 『이방인』과 같은 시기에 준비돼 비슷한 시기에 발표됐고, 소설 『이방인』에 담긴 주제와 동일했다. 『시지프 신화』가 『이방인』을 풀어낼 핵심적인 열쇠임을 알게 된 나는 내 안에 들어온 애매한 그 무언가를 해소할 수 있다는 기대를 가지고 바로 책을 구해 읽었다. 하지만 역시 쉽게 이해하기는 어려웠다. 그래도 소설에 비해 직접적으로 주제를 풀어서 다뤘기 때문에 천천히 시간을 들여 반복해 읽어 나갈 수 있었다. 그러면서 조금은 왜 내가 카뮈의 글에 매료 됐는지도 이해할 수 있었다. 물론 아직도 카뮈의 생각을 온전히 이해한 게 맞을까 하는 의구심이 남아있다. 그래서 솔직히 이 책에 대해 글을 쓰는 것도, 이후에 서술할 내 생각에도 확신은 없다. 그럼에도 이 글을 통해 부족하게나마 스스로 책의 내용을 정리해보고, 『시지프 신화』를 읽은 누군가와 내 생각을 나눌 기회로 삼고 싶다.

부조리의 철학,
대학원생에게는 낯설지 않은

　『시지프 신화』는 '부조리不條理'라는 핵심어로 관통될 수 있다. 따라서 카뮈가 제시하는 부조리의 의미를 이해하고, 그가 부조리를 대하는 태도를 파악하는 것이 그의 철학을 이해하는 열쇠다. 먼저 카뮈가 말하는 부조리란 무엇일까? 우리는 삶의 어느 순간에 문득 이런 질문을 떠올린다. '내가 이걸 왜 하고 있는 거지?' 새로울 것도 특별할 것도 없는 간단한 질문이 누가 물어본 것도 아닌데 인생의 어느 순간에 그냥 문득 떠오른다. 그리고 이상하게도 도저히 대답이 안 되는 순간이 온다. 여태까지 대답을 알고 있다고 생각했다. 그래서 부랴부랴 그 대답을 끌고 와본다. '나는 이 일을 예전부터 좋아했고, 또 이 일은 이런 의미를 가진다' 같은 대답일 것이다. 그런데 이번엔 뭔가 심상치 않다. 분명 이전까진 이 정도의 대답으로 납득하고 다시 나의 삶으로 돌아가고는 했는데, 이번에는 그게 안 된다. 마음 한구석에 '이게 무슨 의미가 있는 거지'라는 질문이 말끔하게 정리가 안 되는 상태에 빠진다. 카뮈는 기존에 익숙했던 이해할 수 있는 자신의 통일된 세계가 무너지고, 나 자신이 내 삶을 이해할 수 없는 이방인으로 추방된 이 순간을 포착했다. 그리고 이 지점에서 발생하는 감정을 '부조리'의 감정이라 정의했다. 내가 오래전부터 느껴왔지만, 뭐라 정리할 수 없어서 애매하게 마음 한구석에 남겨둔 감정을 카뮈는 부조리라는 개념으로 설명한 것이다.

카뮈는 『시지프 신화』 초반에 부조리에 대한 논의를 시작하며 다음과 같은 주장을 한다. "참으로 진지한 철학적 문제는 오직 하나뿐이다. 그것은 바로 자살이다. 인생이 살 가치가 있느냐 없느냐를 판단하는 것이야말로 철학의 근본 문제에 답하는 것이다." 여기서 두 번째 핵심인 부조리를 대하는 태도에 대한 논의를 시작한다. 카뮈는 부조리의 상태에서 인간이 취하는 두 가지 태도를 제시한다. 하나는 '자살', 다른 하나는 '희망'. 의미를 잃어버린 세계를 내려놓고 자살하거나 억지로라도 자신을 납득시키고 원래 세계로 돌아가는 것이다. 카뮈는 자살과 희망 둘 모두를 부정한다. 우선 '자살'부터 살펴보자. 애초에 부조리란 인간과 세계 두 개의 항이 충돌하며 발생하는 것이다. 둘 중 하나라도 없으면 부조리는 성립하지 않는다. 합리성에 대한 인간의 열망과 그 요구에 침묵하는 세계의 충돌, 그 사이에 부조리가 발생한다. 두 항이 살아서 충돌하는 것은 카뮈가 주장하는 진리 중에서도 가장 근간이 되는 것이다. 그런데 자살은 인간이라는 하나의 항을 파괴함으로써 부조리의 구조 자체를 파괴한다. 그러므로 자살은 어떤 해결책이나 결론이 될 수 없다고 한다.

다음으로 '희망'이 있다. 단어가 주는 긍정적인 어감과 다르게 카뮈는 이것을 일종의 도피로 본다. 거대하게 자신을 눌러서 숨 막히게 하는 세계를 신격화하고 희망의 이유를 만들어 믿는 것이다. 이성을 넘어 신으로 비약하고 그곳으로 도피해 부조리를 탈출하려는 것을 부정한다. 그리고 수많은 철학자들이 부조리를 포착하고도 도피를 선택했다고 비판한다. 그렇다면 자살과 희망 둘 다 부정한 카뮈가 제시하는 제3의 길은 무엇일까? 카뮈는 자신도 이성을 가진 인간이기에 침묵하는 세계와 이성 사이에 부조리를 느낀다고 고백한다. 하지만 그렇다고 부조리의 상태에서 자신의 이성을 뛰어넘어 신으로 비약하지 않겠다고 말한다. 카뮈는 명철하게 살아있는 이성을 지닌 채 아슬아슬한 줄타기를 하며 '자살'과 '희망'의 사이에서 '반항'하고 서 있어야 한다고 주장한다. 반항하는 인간은 의미 없는 삶을 비판하며 자살하지도 비약하지도 않고 삶의 무의미를 정면으로 마주하며 그런 상태에서 비로소 진정한 자유를 얻는다. 나아가 이런 자유의 상태에서 무엇이든 할 수 있기에 삶을 남김없이 들이키는 열정을 보일 수 있다고 말한다.

시간을 들여 반복해서 읽고 정리한 이 지점에서 나는 카뮈의 추론을 나에게 적용하기 시작했다. 처음 카뮈에 대한 탐구는 알 수 없는 강렬함에 이끌려 시작했지만, 부조리의 개념에 다가갈수록 나의 고민과 일치한다는 것을 깨달았다. 이공계 대학원생으로 사는 난 깊은 부조리 상태에 빠져 있었다. 처음에는 대수롭지 않았다. 평소처럼 실험하던 어느 날, 문득 플라스크 안에서 돌아가는 화학 반응을 내가 왜 시작했는지 순간 알 수 없어졌다. 어떤 반응인지 잊어버린 게 아니라 말 그대로 목적을 알 수 없었다. 실험 계획을 미리 짜두었고 이전에도 한 번 했었던 실험이라 기계적으로 반복했는데, 하고 보니 무엇을 위한 실험인지 대체 무슨 의도를 가지고 수행한 것인지 알 수 없었다. 연구 기록을 살펴보니 최종 목표로 삼고 있는 물질의 중간체였다. '아 맞다. 최종 물질 합성을 위해서 중간체가 더 필요했지' 라고 목적을 확인하고 안도하는 순간 '그렇다면 최종 물질은 왜 필요한 거지?'가 떠오르며 다시 알 수 없는 상태에 빠졌다. 최종 물질이 가지는 의미가 무엇인지도 분명 머리에 있었다. 실험의 의미가 무엇인지 나 스스로 정리하고 열변을 토한 발표 자료도 있었다. 화학 합성이 간단한 일도 아니고 시간과 노력이 많이 들어가는 일인데 생각 없이 수행할 리가 없었다. 분명 연구를 시작할 때 연구의 필요성, 목적, 가치 등 어느 것 하나 빠짐없이 꼼꼼하게 따져본 것이다. 특별히 상황이 달라진 것도 아니다. 오히려 처음 시작할 때보다 쌓인 많은 결과 자료가 목표한 의미를 선명하게 만들어주고 있음에도 나와 연구 사이에는 거대한 단절의 벽이 생겼다. 그렇게 나를 둘러싼 세상이 빛을 잃고, 명확하게 느껴온 것들이 낯설어졌다.

대학원생에게 찾아온 부조리의 인식은 카뮈가 설명하는 일반적인 부조리의 상태보다 유독 더 치명적으로 다가올 수 있다. 앞에서 부조리는 합리성에 대한 인간의 열망과 침묵하는 세계 사이의 충돌에서 발생한다고 했다. 그런데 이때 인간이 더 큰 합리성을 요구하면 어떻게 될까? 세계는 역시나 거대한 침묵만을 보이고 두 항 사이의 간극은 더 크게 벌어진다. 이성적이고 합리적인 사고방식에 익숙한 대학원생이 느끼는 부조리는 그래서 깊고 위험하다.[*] 본인이 의식하고 있든 아니든 수많은 행동을 결정하며 합리성을 연습한다. 실험

---

[*] 대학원 이후에도 비슷하게 적용될 수 있겠다는 생각도 잠시 들었지만, 우선 내가 직접 경험한 부분에 대해 제한하고 싶다.

5. 독서 모임이 남긴 흔적들 다시 쓰기

의 설계, 수행, 결과 도출 등 연구실에 나와서 하는 활동은 합리성을 요구한다. 이렇게 잘 훈련된 이성은 좋은 대학원생의 조건이자 동시에 부조리에 깊게 빠뜨리는 요소다. 문제는 여기에서 멈추지 않는다. 깊게 들어가면서 동시에 탈출은 훨씬 어려워진다. 대학원생은 불편한 문제 상황을 마주하면 이성적인 방식을 통해 이를 해소하려고 한다. 아주 자연스럽고 늘 사용하는 방법이지만 부조리 상황에선 오히려 독이 된다. 침묵하는 세상을 문제라고 인식하고 이성으로 문제를 해결하려고 의미를 부여해봐도 잘 안 된다. 이렇게 의미를 알 수 없는 상태가 반복되고 갈수록 답답함을 느끼면 더 명료한 이성이 지금의 부조리를 해결할 수 있다고 여기며 악순환에 빠진다.

대학원생에게 카뮈의 부조리 추론을 받아들이기 어려운 지점은 하나 더 있다. 카뮈는 부조리한 창조에 관해 서술하면서 예술가들이 어떤 태도로 작품을 만들어내야 하는지에 대해 말했다. 부조리를 마주하고 반항 그리고 자유를 느끼다가, 결국 열정으로 이어지는 구조가 여기에도 적용된다. 부조리한 예술가는 자신의 창조에 미래가 없음을 인식하는 것이 시작이다. 그들에게 예술 작업은 영원을 전제하지 않는다. 예술가 자신조차도 희망을 전제하지 않고 작품을 완성해 가는 것이다. 그런 상태에서 예술가는 영원에 속박을 풀어내고 자유로워진다. 결국 예술가에게 주어진 자유는 작품의 다양성으로 나타난다. 카뮈는 이것을 "허공에 자신의 색깔을 칠해야 한다"라고 표현했다. 나는 이 부분에서 한 번 더 좌절을 느꼈다. (미리 고백하자면 내가 좌절을 느낀 지점이 나의 부족 때문일 수 있다고 생각한다. 예술과 과학의 차이를 파악하지 못하고, 거기다 부조리한 창조에 대한 카뮈의 추론을 잘못 이해해서 발생한

좌절일 수 있다.) 부조리한 창조의 방식은 설령 부조리의 상태라 할지라도 이공계 대학원생이 수행하는 연구 활동에 적용할 수 없다. 카뮈는 반항을 전제로 하고 있기에 과거와 미래의 창조와의 고리가 약해진다. 그것이 어쩌면 영원에 속박되지 않은 상태의 특성일 수도 있다. 부조리한 예술가의 창조는 비록 그것이 과거의 작품에 영향을 받고 미래의 작품에 영향을 주기도 하지만 결국 독립적으로 이뤄질 수 있다. 반면에 과학은 과거에서 미래로 이어지는 고리가 필수적이다. 뉴턴조차도 자신은 거인의 어깨 위에 서 있다는 표현을 사용했다. 지금 이 순간에도 과거의 많은 결과를 기반으로 새로운 연구가 보고되고 있다. 또한 그렇게 보고된 연구를 바탕으로 알 수 없는 미지의 영역에 의미를 부여해나가는 미래의 연구가 진행 중이다. 과연 부조리를 느꼈다고 해서 카뮈의 부조리한 창조를 그대로 받아들인다면 지금까지 쌓아온 과학적 진보가 가능할까? 이 문제에 대해서는 내가 좌절을 느꼈다는 것으로 결론을 내리고 이쯤에서 멈추고자 한다. 좀 더 밀고 나가려면 칼 포퍼Karl Popper의 반증주의부터 토머스 쿤Thomas Kuhn의 과학혁명으로 이어가며 과학의 영원성에 대해 고찰해야 가능할 것 같다.

타협의 가능성과
카뮈의 명령, 그 틈 사이

　　돌이켜보면 내가 『시지프 신화』를 파고든 행위 자체가 굉장히 역설적이다. 『시지프 신화』를 통해 드디어 의미를 찾아 세계의 합리성을 부여할 수 있겠다고 여겼기에 열심히 파헤쳤는데, 돌아보니 그런 건 없다는 부조리의 무덤 속에 오히려 내가 파묻혀 있었다. 희망으로 도약은 파묻힌 이후로 할 수 없게 됐다. 내 눈앞에 침묵하는 세계가 너무 선명했다. 그렇다고 카뮈의 방식은 따르기엔 대학원생인 나의 상황과 너무 크게 충돌했다. 어설프게 행동으로 옮겨봤지만 여전히 해소에 목말라 있었다. 목마른 그 상태를 유지하라는 게 카뮈의 명령이라고 이해하고 시도도 해봤다. 하지만 어떤 자유와 열정도 살아나지 않았다. 제대로 된 반항조차 할 수 없었다. 카뮈 본인도 이런 삶의 태도를 유지하고 살아갈 수 있는지 의문이 들 정도로 어려웠다. 현실 속의 나는 신화 속의 초인적인 시지프가 아니다. 이 지점에서 난 내 나름의 방식을 시도할 수밖에 없었다. 그것을 위해 『이방인』과 『시지프 신화』를 여러 번 다시 읽으며 카뮈의 생각을 최대한 제대로 소화하려고 노력했다. 카뮈를 구원자로 착각하고 따라가려 할 때와 다르게 내 생각을 정리하며 읽었다. 그래야 내가 처한 대학원이라는 상황에서 왜 안 되는 것인지 파악할 수 있었고, 궁극적으로 내가 직접 나름의 길을 모색할 수 있었다. 우선 내가 카뮈의 부조리 추론의 어디까지 동의할 수 있는지 선을 그어야 했다. 내가 막다른 골목에 몰린 위치는 반항의 태도를 유지하지 못한 부분이다. 부조리의 개념을 제시하고 자살도 희망도 모두 부정하는 카뮈의 생각에 난 깊게 동의한다. 따라서 그 사이에서 반항이 아닌 다른 태도를 고민해봐야 했다. 그리고 난 여기에서 침묵하는 아름다운 세계를 떠올릴 수 있었다.

카뮈는 고통스러운 사막 한가운데라고 했지만 난 그곳이 그렇게 괴로운 사막이어야 하는지 모르겠다. 괴롭지 않다고 부조리를 제거하는 희망이 아니다. 여전히 나의 세계는 철저하게 침묵하고, 부조리는 살아있다. 하지만 과학자의 눈에는 이대로 즐겁다. 궁극적인 의미를 찾을 수 없는 상태는 보통 자살을 떠오르게 하고 인간을 괴로움의 영역으로 끌고 간다. 카뮈 역시 자살은 거부했지만, 부조리를 고통스러운 상태라고 여겼다. 그래서 반항하고, 자유를 얻고, 열정을 찾았다. 하지만 애초에 이게 반항의 대상도 아니고 그럴 필요도 없지 않을까? 카뮈는 부조리의 창조에서 부조리한 예술가는 "허공에 자신의 색깔을 칠한다"라고 했다. 이게 꼭 반항하는 태도를 유지하고, 냉정한 이성을 살리고, 아슬아슬한 모서리 위에서 해야 하는 것일까? 두 항이 벌어진 부조리를 인식하고 잘 합쳐지지 않는 상태에 이르면 그것으로 충분하다. 이미 이전에 완결된 세계로 돌아갈 수 없는 인간이 되었다. 그러니 이제는 합쳐질 수 없는 이성과 세계의 사이에서 즐거움을 찾고, 아름다움을 추구할 수 있다. 과학적 의미가 누적되는 진보는 여기에서 연속되는 즐거움을 쌓아 나가는 과정이다. 궁극의 이론은 나에게 없다. 또한 세계의 완결된 진실도 없다. 쌓아 나가는 과정을 아무리 반복하고 영원의 시간을 들여도 완결이 안 된다는 부조리를 인식하는 것은 고통이 아니다. 나는 오히려 부조리 속에서 안도를 느낀다. 나의 목숨은 유한하고 내가 누릴 세계의 아름다움은 무한하다는 안도다. 그렇기에 남김없이 최선을 다해 살아갈 수 있는 열정을 얻는다.

맺음말

독서 모임을 시작하고 1년이 지난 어느 순간 우리 모습이 참 달라졌다는 생각을 한 적이 있다. 언뜻 보면 다람쥐 쳇바퀴 돌듯 살아가는 것 같았지만, 우리 안에는 대학생 때 느꼈던 그 뜨거움이 있었다. 각자의 연구주제만이 우리들의 문제가 아니었다. 진정한 사랑의 의미를 논하고, 영화에 대한 새로운 관점을 발견했고, 이 시대의 대학의 의미와 인간을 무기력하게 만드는 현대사회의 근본이 무엇인가를 함께 고민했다. 그렇게 뜨거운 대학원 생활을 함께 보내는 우리들의 모습이 그곳에 있었다.

처음 이야기했던 것처럼 우리의 독서 모임은 여느 독서 모임과 다른 특별한 모임은 아니다. 그렇지만 독서 모임에 대한 우리의 생각은 각별하다. 우리가 하는 활동(주로 실험실 생활)의 범주와는 또 다른 지적 교류의 장이고, 이런 나눔을 할 수 있는 사람을 만나기 쉽지 않으니까. 그리고 무엇보다도 함께 모임을 하면서, 쉽지 않았던 대학원 생활을 견딜 힘을 얻었으니까.

돌이켜보면 우리 독서 모임의 뿌리는 대학생 시절 들었던 인문 교양 강의와 훌륭한 선생님들과 함께했던 시간이다. 새로운 지식을 쌓으며 충만함을 느낄 뿐만 아니라 혼자서는 보지 못한 것을 함께 읽고 이야기를 나누며 발견해내는 즐거움을 알게 되었다.

독서 모임을 통해 혹은 그냥 수업 시간 외에 편하게 만나서 이야기를 나눌 수 있었기에 책과 사회에 대한 관심을 놓지 않을 수 있었다.

우리는 직접 경험한 독서 모임의 가치를 이 책에 담아내고 싶었다. 하지만 대학원 생활을 하면서 책을 쓰는 것은 쉽지 않았다. 무엇보다 다들 박사학위 과정의 막바지에 있기에 글을 쓰고 퇴고할 절대적인 시간이 부족했다. 더군다나 실험 결과를 논문으로 쓰는 일과는 매우(!) 다른 차원의 일이었다. 하지만 그동안 성장한 스스로의 모습을 확인하고, 독서 모임을 할 때 미처 발견하지 못한 서로의 생각을 더 깊이 이해하는 기회였다.

최근에도 독서 모임을 만들려고 하는 후배들의 소식을 듣곤 한다. 코로나로 인해 비대면 모임이 활성화한 만큼 모바일 메신저를 이용한 온라인 독서 모임이라고 한다. 여전히 GIST에는 책을 사랑하는 후배들이 있고, 동기들과 함께 책을 읽고 고민하며 그것을 서로 나눈다는 사실에 감사하다. 비록 부족한 글이지만 과학도로서 독서 모임을 하고자 하는 누군가에게 조금이나마 도움이 되었기를 바란다.

부록:

독서 모임에서 읽은 책 목록

분야/장르	책 제목	저자	주최자	모임 날짜
소설	면도날	서머싯 몸	조민상	2015-10-04
에세이	실존주의는 휴머니즘이다	장 폴 사르트르	송훈	2015-10-11
소설	무정	이광수	오왕석	2015-11-06
소설	인간실격	다자이 오사무	강창묵	2015-11-15
소설	유림 중 1권	최인호	신정욱	2015-11-25
소설	광장	최인훈	오왕석	2015-11-28
에세이	세상의 바보들에게 웃으면서 말하는 방법	움베르트 에코	송훈	2015-12-05
경제/인문	자본주의와 중국의 21세기	황런위	조민상	2015-12-29 2016-01-07
경제/인문	더 나은 삶을 상상하라	토니 주트	조민상	2016-01-22
영화	영화예술학 입문	배상준	송훈	2016-01-30
예술/에세이	이매진	진중권	송훈	2016-02-14
예술/에세이	언젠가 세상은 영화가 될 것이다	정성일, 정우열	송훈	2016-02-21
과학철학	과학, 철학을 만나다	장하석	신정욱	2016-03-06 2016-03-26
과학	인간의 얼굴을 한 과학	홍성욱	신정욱	2016-03-29 2016-04-10
소설/사랑	마담 보바리	귀스타브 플로베르	강창묵	2016-05-14
소설/사랑	젊은 베르테르의 슬픔	요한 볼프강 폰 괴테	강창묵	2016-05-21

분야/장르	책 제목	저자	주최자	모임 날짜
소설/사랑	롤리타	블라디미르 나보코프	강창묵	2016-06-06
소설	채식주의자	한 강	오왕석	2016-06-16
인문/대학	대학의 역사	이광주	오왕석	2016-07-05
인문/대학	대학의 배신	마이클 로스	오왕석	2016-07-20
인문/대학	진격의 대학교	오찬세	오왕석	2016-08-02
에세이	목소리를 보았네	올리버 색스	오왕석	2016-08-28
소설	나와 친구 그리고 죽어가는 소녀	제시 앤드루스	송훈	2016-09-04
인문	아름다움의 구원	한병철	강창묵	2016-09-18
인문	에로스의 종말	한병철	강창묵	2016-09-18
인문	군주의 거울 – 키루스의 교육	김상근	조민상	2016-10-09
에세이	시골빵집에서 자본론을 굽다	와타나베 이타루	신정욱	2016-10-15
에세이/ 자기관리	불필요한 것들과 헤어지기	마스노 순묘	김효석	2016-11-20
소설	이방인	알베르 카뮈	허예린	2016-11-27
경제/인문	불평등의 대가	조지프 스타글리츠	조민상	2016-12-30
인문	죽음이란 무엇인가	셸리 케이건	강창묵	2017-01-22
인문	강신주의 감정 수업	강신주	신정욱	2017-02-05
인문	시적 정의	마사 누스바움	오왕석	2017-03-12
사회	수치심의 힘	제니퍼 자케	송훈	2017-03-27
에세이/사회	빨래하는 페미니즘	스테퍼니 스탈	허예린	2017-04-30
사회	왜 세계의 절반은 굶주리는가	장 지글러	조민상	2017-05-07
에세이/건강	우리 몸은 아직 원시시대	권용철	신정욱	2017-05-21
희곡	뒤렌마트 희곡선	프리드리히 뒤렌마트	오왕석	2017-07-16
소설	페널티킥 앞에 선 골키퍼의 불안	페터 한트케	강창묵	2017-08-06
경제	경제학은 어떻게 과학을 움직이는가	폴라 스테판	신정욱	2017-11-19
인문	더 나은 세상	피터 싱어	송훈	2017-12-03
인문/창의성	생각의 시대	김용규	오왕석	2018-01-07

분야/장르	책 제목	저자	주최자	모임 날짜
에세이	운다고 달라지는 일은 아무것도 없겠지만	박 준	강창묵	2018-03-11
인문	해나 아렌트, 인간의 조건	유성애	송우영	2018-05-13
소설	희랍어 시간	한 강	정원희	2018-07-22
에세이/언론	뉴스의 시대-뉴스에 대해 우리가 알아야 할 모든 것	알랭 드 보통	오왕석	2018-09-30
인문/ 인공지능	맥스 테그마크의 라이프 3.0	맥스 테그마크	송훈	2018
인문/ 컴퓨터과학	알고리즘 인생을 계산하다	브라이언 크리스천 외 1인	송훈	2018-10-14
사회/혐오	말이 칼이 될 때	홍성수	오왕석	2018
소설	베어타운	프레드릭 베크만	강창묵	2018
에세이	3층 서기실의 암호	태영호	최진순	2018
소설	기사단장 죽이기	무라카미 하루키	송훈	2019
인문/심리	똑똑한 사람들의 멍청한 선택	리처드 탈러	최진순	2019
사회	가난한 사람이 더 합리적이다	아비지트 배너지 외 1인	김세용	2019
에세이/ 예술감정사	안목에 대하여: 가치를 알아보는 눈	필리프 코스타마냐	송신실	2019
소설/인생	생의 이면	이승우	오왕석	2019-05-26
소설	인생의 베일	서머싯 몸	강창묵	2019-08-14
경제	얼마나 있어야 충분한가	로버트 스키델스키 외 1인	김세용	2019-09-01
사회	병목사회	조지프 피시킨	송신실	2020
소설	폭풍의 언덕	에밀리 브론테	강창묵	2020-03-08
사회	사람, 장소, 환대	김현경	오왕석	2020-04-05
인문/사회	팩트풀니스	한스 로슬링 외 2인	최진순	2020-05-10
소설/SF	우리가 빛의 속도로 갈 수 없다면	김초엽	강창묵	2020-05-31

(왼쪽부터) 강창묵, 조민상, 오왕석, 송훈, 신정욱

공감
독서

초 판 인 쇄 2022년 5월 10일
초 판 발 행 2022년 5월 17일

저   자 오왕석 외 4인
발 행 인 김기선
발 행 처 GIST PRESS

등 록 번 호 제2013-000021호
주   소 광주광역시 북구 첨단과기로 123(오룡동)
대 표 전 화 062-715-2960
팩 스 번 호 062-715-2069
홈 페 이 지 https://press.gist.ac.kr/
인쇄 및 보급처 도서출판 씨아이알(Tel. 02-2275-8603)

I S B N 979-11-90961-14-1(03800)
정   가 16,000원